U0147502

谨以此书向中华民族世代传承非物质文化的人民群体致敬

This book is sent to the Chinese people who are inherited the intangible cultures from generation to generation with regards

本土精神

从玉米地到扶桑树

A NATIVE SPIRIT:
FROM CORN FIELD
TO FUSANG TREE

乔晓光作品

江西美术出版社

本书由江西美术出版社出版。未经出版者书面许可，不得以任何方式抄袭、复制或节录本书的任何部分。

版权所有，侵权必究

本书法律顾问：江西中戈律师事务所

图书在版编目（CIP）数据

从玉米地到扶桑树：乔晓光作品 / 乔晓光著. － 南昌：
江西美术出版社，2008.6
（本土精神：2 ）
ISBN 978-7-80749-495-9

Ⅰ.从… Ⅱ.乔… Ⅲ.剪纸－作品集－中国－现代

Ⅳ.J528.1

中国版本图书馆CIP数据核字（2008）第076958号

总体策划　陈　政

责任编辑　危佩丽

封面题字　靳之林

英文翻译　林雅秀

装帧设计　林　力

本土精神：从玉米地到扶桑树

BENTU JINGSHEN:CONG YUMIDI DAO FUSANGSHU

乔晓光　著

出版发行：江西美术出版社

地址：江西省南昌市子安路66号

邮编：330025

http:www.jxfinearts.com　Email:jcpx@jxfinearts.com

经销：全国新华书店

印刷：深圳华新彩印制版有限公司

开本：889mm×1194mm　1/16

印张：12.5

2008年6月第1版　2008年6月第1次印刷

印数：2000

ISBN 978-7-80749-495-9

总定价：153.00元（本册定价：90.00元）

目录

Contents

序言
从玉米地到扶桑树

——乔晓光和他的"玉米地"

  画家情有独钟才画得出好画。在一类题材上投注持续的情感乃至以为人生的寄托，最终将"物"的题材变成精神的载体或象征，这是艺术史上常见的例子。乔晓光也专注于一类题材，但是他专注的不是人们熟知的和画坛已有的题材，而是几乎未入过画、实际上也非常不易用油画来表现的玉米地景象。在乔晓光出版的这部画集中，他向人们展示了他数年间痴迷于玉米地的收获，那是一张张尺幅阔大的对玉米地的描述、塑造与创造。无论是画广袤原野上涌动如潮的玉米群像，还是画独立于空间中生命蓬勃的数杆玉米肖像，他都画出了玉米地的性格与生机。

  乔晓光是通过探寻民间艺术生命源泉而认识和表现玉米地的生命历程的。从早年在地方工作到在中央美术学院民间美术系做研究生，再到后来留校任教，一直到今天他做了许多非物质文化遗产方面开创性的工作。他许多次深入黄河上下的乡村做民间艺术的"采风"，但不是猎奇似的浮光掠影地采集黄河文化的表面风情，而是投入和浸泡于民间的生活现实之中，把寻访、体验、思考和大量的写生结合起来。他最初画玉米地只是发自对玉米物象之类的兴趣，然后是画出了感情不能离去，进而是融进了自己对民间文化传统的理解。在炽热的生活土地上，他感受到，民间艺术长盛不衰的原因不是形式上的流传，而是劳动者对生命的热爱和信仰。正是因为有一种生生不息的精神支柱，黄河文明才显示出悠久的辉煌。他在画中意欲表现的便是既质朴又灿烂的辉煌。他画玉米地的萌动、生长与茁壮成熟的姿态，画的实际是生命的辉煌，到最后，他笔下的玉米地成了那远古神话中太阳的栖居之地——扶桑。

  乔晓光的画风是表现性、象征性的，表现性源于他对黄河故土的热爱与眷恋，粗犷的笔法和浓郁强烈的色彩发自真实的感觉，象征性得于他对民间文化传统的理解。感性的与理性的因素结合起来，使他的玉米地系列作品成为一曲生命的礼赞，让人感到他艺术个性的确立，不是靠取材上的新颖，而是靠整个艺术追求的情有独钟。

中国美术馆馆长、美术评论家 范迪安

中国本土精神的艺术之路

——乔晓光作品及其创作思想

晓光的画，文化内涵包容量丰厚。读他的画，使我们感应到造物主创造人类万物的精神力量的感召，感应到混沌初开、天地相交、万物萌生、生生不息的中华民族本原宇宙观和民族精神，感应到作者与天地万物合而为一所迸发出来的精神能量和如火如荼的炽热激情，感悟到艺术回归人民、艺术回归自然、艺术回归本原的时代精神。在他的作品里，我们能感悟到大自然与哲学、哲学与大自然和宇宙精神力量的融合为一，融于作者的血液之中，发之于情，形之于色，用之于笔，形成自己雄浑质朴、豪放不羁的艺术个性和如生命火焰般的笔墨激情。在这里，作者自己就是创造宇宙世界的造物主。

在人类艺术模式中，晓光的作品显然不属于古希腊以来主客两分、物我对立的西方传统哲学美学观，不是西方自然模仿论和再现生活的模式，当然也不是西方现代流行的、艺术作为艺术家表现个性、表现自我意识的载体和个人情感的发泄。他的作品属于天人合一、物我合一、人与自然合一的东方模式，体现出中国哲学的美学精神，但他所表达的不是历代中国文人画家所抒发的个人之情和个人的道德情操。他的作品所包容和表现的是整个民族文化群体的本原宇宙观与生生不息的民族精神。晓光作品深厚的文化包容量，正是源于他对黄河流域中华民族劳动者的生活传统及其创造的民间文化艺术的感悟。

晓光在黄河流域的河北平原长大，大学中国画专业毕业后在那里的一个偏僻的小城工作。改革开放后，全国兴起了美术新潮运动，西方现代艺术如洪水涌进了中国封闭多年的画坛，年轻人对西方现代艺术表现出异常的狂热，那时他也没有例外，对现代艺术同样是热情的。但是他工作、生活的地方有深厚的民间艺术土壤，奠定了他走向民间母体的艺术道路。他播种的第一块圣田——油画《玉米地》，就是在那里诞生的。从此，他开始了在玉米地里的漫长耕耘，就像农民有了自己的土地一样，年复一年地翻地、除草、施肥、播种、收获。玉米地成了他心灵栖息的一片圣土。在他的第一张《玉米地》油画里，他像农民一样倾心、执著、质朴地耕耘培育着每一颗玉米，倾注着他对每一颗玉米的深情。他以农民的情感气质和农民的语言完成了意象造型的《玉米地》油画，一开始就不同于照相式的视觉艺术气氛的西方传统油画风格，我想原因就在于他视玉米地里的每一颗玉米都是充满生命活力的生命之树。这样，在第一口乳汁里就孕育着他以后升华为混沌宇宙孕育生生不息的中国本原哲学意识的生命之树系列创作。玉米地不仅是他对土地、故乡、农民的情感眷恋，而且是他的生命之树，是他精神社稷的神树，是他生命太阳的扶桑树。他画玉米地的成长，青葱鲜绿的玉米林；他画玉米地的成熟，火红的玉米林，"七月流火"的玉米林；他画玉米地的收获，后羿射日般万箭落地的玉米林，激情雄壮的玉米林；他画玉米地的回归，白雪圣洁的玉米林，金灿灿辉煌的永生不死的玉米林；他画"玉米的城"，人类栖居的玉米林；他画牡牝相合化生人类万物的通天玉米生命之树，他把玉米当做脚踩大地、头顶蓝天、通天通地的生命之神来画。他的玉米地里出现了太阳金乌的乌鸦，九只乌鸦，后羿射落的九个太阳；玉米地就是太阳扶桑林，就是太阳若木林；乌鸦就是吉祥的太阳鸟。他激情如火，拿着毛笔画国画，拿起剪刀铰剪纸，拿起油画笔画油画，研究民间艺术，在宽广的领域里实践、融合、创造。在今天人类文化走向更大融合交汇的时代，需要更加宽阔的实践领域和深厚的文化知识结构，才能创造出无愧于时代和民族的作品。

晓光的艺术有着强烈鲜明的个性，但他并不主张去表现所谓的个人，这对他并不重要，他的视野不在艺术家自我的狭小天地里，而放眼于人类和民族文化本原的大文化及宇宙生命的本体。艺术越往大境界、高层次走，将越淡化个性和俗情，艺术越往生命本体深处走，将越单纯和直接。晓光在国画、剪纸和油画的艺术语言中追求质朴、单纯、直接、率真的艺术语言，正是出于强烈的表现生命本体的深层艺术境界的要求，他所创造的艺术形象和符号，具有一种简洁、概括的生命力度，他在画面上不只是传达一种感情的氛围，而是传达他所感觉的信息含量，以及其单纯的语言，表达丰厚的感觉力度，这正是晓光的艺术语言特色。

晓光从黄河流域大河10年行的文化考察与艺术实践，走向长江流域，走向世界。由埃及到希腊、罗马、意大利、法国、西班牙、荷兰，欧洲西方文化的考察，他的艺术走向了民族文化和人类文化更大的文化空间，他艺术的根须更深地扎向大地和生活，更深地扎向民族文化和人类文化的生命本源，他的艺术精神境界不断升华。继10年玉米地文化系列之后，晓光进入一个羊文化系列的创作天地，这和他把太阳金乌的乌鸦从太阳生命树的玉米地里独立出来一样，他把"三阳开泰"的太阳羊从他的陕北黄土地羊群创作里独立出来，直接引向了更加原始的鸟图腾、羊图腾崇拜和太阳自然崇拜，而且艺术语言更为简朴和原始，他的如火如荼的太阳羊文化系列油画、国画、剪纸的创作语言，直接通向原始先民太阳崇拜的羊文化原始岩画艺术。

晓光的艺术精神和艺术境界，源于他对人民的热爱和他对太阳对土地对生命本源的热爱，源于他对农民与土地的炽热之情，晓光以他真诚而又具开拓性的艺术实践，走出了一条彰显出中国本土精神的艺术之路。

中央美术学院教授、博士生导师、油画家　靳之林

从玉米开始

——乔晓光的艺术探索之路

大约有10年时间，乔晓光把自己埋没在玉米地里。在那些日子里，他把全部热情交给了平原上最通俗的植物，似乎要成为一个玉米传记画家。那段时光流走之后，他说："我的童年是在平原的小城里度过的，我熟悉小城周围平顶屋宇组成的村庄，和村庄外绵延重复的麦田和玉米地。我的祖辈正是从这里走出来的，玉米地对于我不仅是对土地、故乡和农民情感的眷恋，也是我精神社稷的生命之树，是我生命太阳的扶桑神树。"

乔晓光是一个诗人气质很重的画家，喜欢在凡俗事物里体会浪漫的诗性；从不放弃对情有独钟的事物浪漫的陶醉，甚至是旁若无人的陶醉。如果他家乡四周生长的不是玉米而是黄豆，我猜想，他也同样会把它们想象成"我生命太阳的扶桑神树"。如果不是这样，就不成其为乔晓光了。假如我们由此认为他仅仅热衷与自己成长有关联的事物，却又是对他肤浅的误解。在他迷恋的事物深处，有一束不可剥离的神经——民间艺术精神，牢牢地吸引着他，就像阳光吸引着趋光生物。

也许是对民间艺术的热爱，像农民热爱土地一样，乔晓光热爱生活和他生活着的僻静的小城。1985年，他画了第一幅油画《玉米地》，这是一个对艺术充满信心和生活诗化之人的第一个新生儿，于是，乔晓光开始了他10年玉米地的耕耘和生命繁衍。

不管什么时代，主流文化总是以体制的面貌覆盖更为原始的民间文化。民间文化依托风俗而生长，而风俗的核心是信仰。在这个递进的阶梯上，民间文化一方面连接了广泛的世俗世界，一方面又与具体的心灵感受密不可分。民间造型艺术是一种程式化的符咒，它的基本责任是对生存者的护佑，其次才是由经久不衰的习俗养成的视觉习惯。事实上，古代中国的器物造型史都受这个原则所支配。晓光试图用这样的原则来建立自己的图画体系。

他从玉米开始，走进民间艺术；从民间艺术开始，对民俗学和文化人类学广泛涉猎。对民间原型文化的研究经常使乔晓光在学者和画家之间变化角色；由于这个原因，他的艺术从玉米开头那天起，就和国画家或油画家有着根本不同的任务。乔晓光绘画的目标始终不针对油画或国画的体系，他甚至拒绝把自己的艺术纳入当代美术以技法为支点的"经验的"传统。很长一段时间，他从民间剪纸里汲取了"刻刀式"造型方法，把常规造型里两条轮廓线之间的部分简化为空白。在中国画或油画体系里，轮廓之间的部分恰恰是艺术家用来炫耀技法的地方，甚至是不同绘画体系标志性的部分。他把剪纸看成是造型和视觉思维的训练课，用剪刀直接生成抽象的点、线、面。在纸张虚拟背景下做减法，替换了常规素描造型的基本常识。这种替换不仅是技法的，更重要的是艺术理想的替换。表面上看，这只是对民间艺术造型理法的实验性研究，但对于乔晓光来说，却是通向艺术理想的另一扇门。信仰的、神话的、诗意的、有广阔背景的、被主流艺术理法和观念所压抑的民间艺术精神一直隔离在当代艺术的樊篱之外，也就是说，长此以往，画家的双脚总是站在相同的文脉上，而乔晓光越轨了，他站在所热爱的民间艺术立场上，和种植玉米的人们走到了一起。

乔晓光从中央美院民间美术系研究生毕业的时候，画了一幅巨大的《玉米林》。客观地说，那简直不是玉米，而是一群执拗的"东西"。它们向观众展示的不是图画性，不是由系统的技法传达出的一个画家的技艺，它们是乔晓光个人对玉米的"看法"！是他打开民间造型规则，向当代创作习惯靠近的一次顽强的努力。在《玉米林》上我们隐约体会到古代民间器物造型的原理以及制作者赋予器物的精神特征；可以看到"玉米"与我们熟悉的印地安图腾柱内在的一致性。玉米不再是供人果腹的食物，而是隔绝已久的巫史文化精神。如果我们做一下比较就会发现，霍去病墓前的石马与乔晓光的《玉米林》从精神到造型是同构的。它们超越时间的界限，在相同的体系里显示出惊人的一致性。

当这段日子再次成为往事的时候，乔晓光引用海德格尔的一句话来为自己做总结："人本是诗性地栖居在土地上。"的确如此。对乔晓光来说，"诗性地栖居在土地上"已经从信仰转化为生活的常态。从一开始，他就不是要做一个常规意义上的画家，而是要做土地上诗意的生存者和记录者。他所迷恋的诗意却又不是玉米在风中摇摆的妖媚，不是玉米从碧绿到枯黄的伤感，也不是玉米在生命轮回中传达出的宿命的悲观，而是农民对玉米赤裸裸的期许——一种生命对另一种生命不可避免的依赖！正是不加掩饰地承认生命之间的依赖关系和为了维系彼此间健康的依赖关系，才有了更契合人性规则的持久的民间艺术精神。

一个画家如果任由灵魂自由地飘荡在别人所不熟悉的境况里，就会引来误解；如果他不在大家认同的艺术规范里思想和劳动，就会加深这种误解，这就是社会的同化规则。所以，当乔晓光面临常规绘画约定俗成的标准时，对它保留少许敬畏之情也就在所难免。导致这种心理的直接原因是他还没有完全建立起符合自己审美理想的图画式样。更确切地说，他还没有建立起有逻辑的造型规则，尽管他做了多方面的尝试。所以他总是不得已而为之地依赖习以为常的绘画方法，比如油画或者国画。这样一来，他的绘画就被折中为有民间艺术倾向的油画或国画。这是任何一种包含艺术艰巨性的工作在过程中必然的遭遇。

或许是他对美术学院所沿袭的生存规则不自觉的妥协，也或许是他意识到自己所追求的目标还需要更深厚的知识准备。乔晓光已经习惯达观地对待自己的艺术追求。他把造型研究分解成一个个细小的单元，沉醉在实验室式的工作中。这样做的结果在外人看来，像是他给另一个乔晓光出了一堆难题，自己做了一下示范就忙别的事情去了。

由于做民间美术调查，近20年来，他几乎走遍了黄河和长江流域的大小城镇和村庄，也去过欧洲和非洲。他从着迷于民间艺术到厚积薄发的理论研究，正迂回着完成一个画家对所热爱的事物最终达到自由表达境界的原始积累。就他近期所开设的"民间美术符号学"的课程来看，他已经把自己引向了纯理论研究的层面。画家乔晓光把另一个自己带进了理论深处；理论深处的乔晓光是否会成全画家乔晓光，还要假以时日。不过，他近几年的绘画向《玉米林》迂回的迹象越来越明显，尽管多数都是小型纸本的实验，比如：水彩、水墨、剪纸和素描。他的现状越来越接近这样一种事实：在寻找和克服阻碍最终目标的原因的时候，宁肯做一个求知的学生，而决不做什么都懂的教员。他的性格中有深藏不露的执拗，当认清方向的时候，他会用一生的时间走过去，并且智慧地为自己分配时间和任务。在急功近利的时代，他的做法很像农民，在恪守播种与收获的时间法则的同时，也不忘伺候庄稼的技术。绘画在乔晓光那里成了历时久远的成长过程，每一阶段的实验都与长久的目标相吻合；即使在实验中出现不尽如人意之处也不动摇对目标的信心。他的绘画已经不再针对展览，而是针对自己的内心。每一个画家都有一种隐秘的欲望：用作品表达自己对世界的看法。从玉米开始，乔晓光建立了绘画信仰；在玉米之后，他一直在积蓄，把来自大自然的信仰用图画印证在所钟情的一切事物之上的能力。正如他在一篇考察笔记里说过的："我把艺术的根扎在大地和生活中，我的艺术精神得到了纯净和升华，我开始有了自己的信仰；我开始理解生活和人民所包含的价值和分量；我热爱太阳和土地，热爱农民质朴的生活，我想做一个像农民那样朴实、善良、勤劳的人。"

北京服装学院教授、硕士生导师、油画家　王焕青

从玉米地到扶桑树

油画作品

玉米扶桑

《怀念半坡》　120cm × 160cm　1984 年

《我的玫瑰街》　　　150cm × 150cm　1984 年

《空间·吉祥之光》 150cm × 150cm 1984 年

《年画之乡》　180cm × 170cm　1984年

《乡村戏班》　160cm × 140cm　1984 年

《玉米地》 145cm × 145cm 1985 年

　　画中描绘北方平原秋收季节的景象。硕壮、饱满的玉米铺天盖地，红土、红树、红房子和金黄色的玉米构成了热烈、喜庆的基调。淳朴、敦厚的家人和驯顺的老牛在欢快地忙碌着，似乎整个大地甚至空气中都散发着浓郁得近乎炽热的果实之香。画家将民间绘画手段与专业技巧相结合，努力将自己熟悉的人与土地的气息表现出来。构图散点透视和焦点透视相结合，力求将物象表达得明确实在，造型稚拙天真，追求平易无华，力戒有意的夸张变形。图中用色不拘成法，随心所欲。这一方面既得益于画家的亲身体验，也是画家对民间艺术和文人艺术有所研究的结果。

　　——摘自《中国油画 1700—1985》图版说明，陶咏白主编，江苏美术出版社

1988 年 4 月第 1 版

《大平原》 170cm × 180cm 1992 年

《平原上的玉米地》　110cm × 130cm　1993 年

《陕北人家》　50cm × 70cm　1993 年

《正月雪》　80cm × 80cm　1993 年

《神圣的玉米》　110cm × 80cm　1989 年

　　玉米地对于我不仅是对土地、故乡和农民情感的眷恋，也是我精神社稷
的生命之树，是我生命太阳的扶桑神树。
　　　　　　　　　　　　　　　　　　　——摘自乔晓光《玉米地手记》

《秋天的玉米地》　140cm × 140cm　1995 年

《玉米地》　80cm × 100cm　1994 年

《玉米扶桑》　110cm × 60cm　2005 年

《村边的玉米地》　100cm × 100cm　1994 年

《收玉米》　70cm×70cm　1992年

《七月流火》　150cm × 150cm　1995 年

七月黄昏火星西流，大地热了；庄稼熟了；毛腿腿柳树蹿上了天。收玉米，拔豆子，挖土豆，割谷子，满坡的油葵砍下了头……

——摘自乔晓光《玉米地手记》

《村庄和玉米地》　110cm × 130cm　1994 年

《收玉米》　70cm × 70cm　1996 年

《玉米林》　160cm × 130cm　1993 年

　　他画玉米地的成长，青葱鲜绿的玉米林；他画玉米地的成熟，火红的玉米林，"七月流火"的玉米林；他画玉米地的收获，后羿射日般万箭落地的玉米林，激情雄壮的玉米林；他画玉米的城，人类栖居的玉米林；他画牝牡相合化生人类万物的通天玉米生命之树，他把玉米当做脚踩大地、头顶蓝天，通天通地生命之神来画。他的玉米地里出现了太阳金乌的乌鸦，九只乌鸦，后羿射落的九个太阳，玉米地就是太阳扶桑林，玉米地就是太阳若木林，乌鸦就是吉祥的太阳鸟。

——摘自靳之林《中国本土精神的艺术之路——乔晓光作品及其创作思想》

《两棵玉米》
140cm × 90cm　1994 年

《玉米地》
145cm × 140cm　1994 年

《冬日玉米地》 115cm × 130cm 1993年

乔晓光作为一个多媒材实验型的艺术家，同时又作为一个民间美术及民俗文化的研究者，双重身份决定了他对现代与传统两方面的关注、思考和实践。这使他有别于现代时尚的画家，也有别于固守传统的画家，他处在一种多重文化的边缘地带去积累、发展、实验与创造。
——台湾九方艺评《生存之诗——乔晓光"人与灯"系列作品评析》，摘自《我的太阳，乔晓光作品展》图册，2001年，台湾九方国际艺术公司编辑

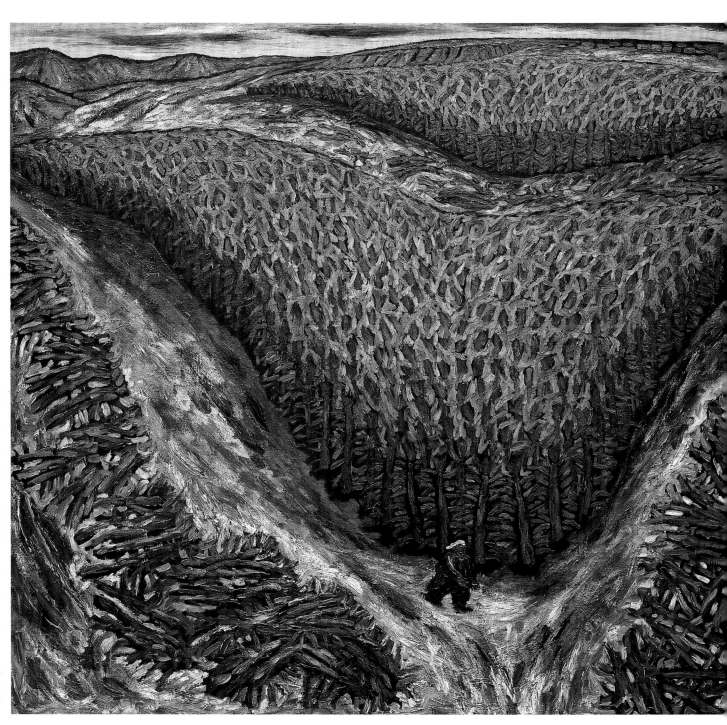

《冬夜十里铺》　160cm × 180cm　1993 年

《玉米》 110cm × 130cm 1994 年

《通向村庄的玉米地》　140cm × 160cm　1995 年

平原大地上，一片片玉米拔地而起，几十里、几百里
像无数绿色的墙，绵延交错出无数迷宫般的城。我的祖辈
正是从这迷宫般的村庄里走向外面世界的。

——摘自乔晓光《玉米地手记》

《黄土高原》　90cm × 120cm　1995 年

《收玉米》　80cm × 100cm　1995 年

《收玉米》　80cm × 100cm　1995 年

《丰收的玉米地》　70cm × 90cm　2005 年

《七月流火》　90cm × 120cm　1996 年

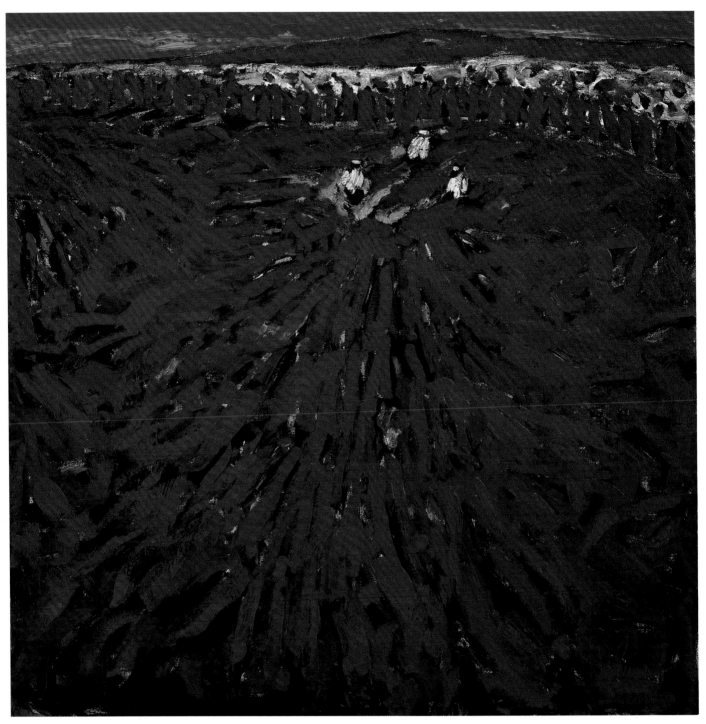

《七月流火》　170cm × 170cm　2006 年

《大平原》　110cm × 130cm　1996 年

《流传进太阳神话的地方》　130cm × 190cm　2006 年

《玉米扶桑》　130cm × 100cm　2006 年

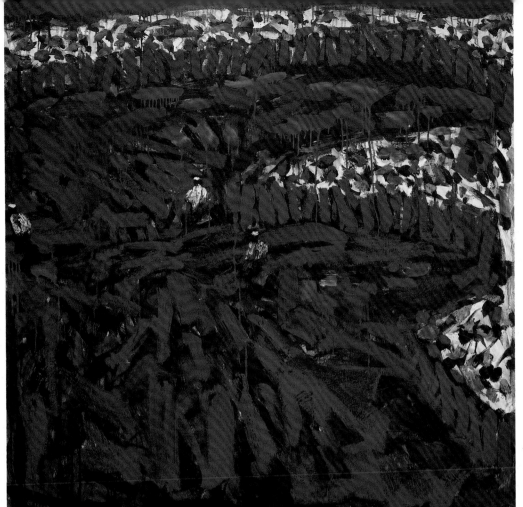

《收玉米》 150cm × 150cm 2003 年

《村庄和玉米地》 150cm × 150cm 2003 年

《生命之树》 150cm × 150cm 2007 年

《麻黄梁》　100cm × 120cm　2006 年

《二色的玉米地》　93cm × 105cm　2000 年

他的作品属于天人合一、物我合一、人与自然合一的东方横式，体现出中国哲学的美学精神，但他所表达的不是历代中国文人画家所抒发的个人之情和个人的道德情操。他的作品所包容和表现的是整个民族文化群体的本原，宇宙观与生生不息的民族精神。

——摘自靳之林《中国本土精神的艺术之路——乔晓光作品及其创作思想》

《玉米的神话·之一》 140cm × 140cm 2007 年

《米的神话·之二》 140cm×140cm 2007 年

《玉米林》　180cm × 900cm　1990 年

生存之诗

《爷爷的窑》　80cm × 100cm　2000 年

天圆地方的土窑洞，长木杆的麻油灯，这是刻在我心中的一个永恒的景致。人在这个景致中繁衍生存，万物生命在这个景致里生长，这景致仿佛沟通了我和宇宙无限深远的空间，这空间能容纳下我感知的一切。

——摘自乔晓光《沿着河走——黄河流域民间艺术考察手记》，西苑出版社，2003 年 9 月第 1 版

《点灯的男人》 126cm × 137cm 2000 年

《窑里的故事》　80cm × 100cm　2000 年

《一家人》　80cm × 100cm　2000 年

《抽水烟》 80cm × 100cm 2000 年

《夜》 80cm × 70cm 2000 年

《灶台》　90cm × 90cm　2000 年

《点灯》　120cm × 120cm　2000 年

《陕北汉子》 97cm × 130cm 2000 年

《羊与火》　97cm × 120cm　2000 年

《陕北说书》 160cm × 160cm 2000 年

《大地》 65cm × 120cm 2000 年

蓦然回首，民间却是另一番天地，这里没有文明障眼的高墙。如果你是个觉悟者，站在大山大河旁，立在朴素的平原上，就能一眼看到混沌初开的天地。

——摘自乔晓光《沿着河走——黄河流域民间艺术考察手记》，西苑出版社，2003年9月第1版

《窑里的男人》 85cm×110cm 2000年

太阳羊 · 生命树

《三羊开泰》 90cm × 100cm 1995 年

　　继十年玉米地文化系列之后，晓光进入一个羊文化系列的创作天地，这和他把太阳金乌的乌鸦由太阳生命树的玉米地里独立出来一样，他把"三阳开泰"的太阳羊从他的陕北黄土地羊群创作里独立出来，直接引向更加原始的鸟图腾、羊图腾崇拜和太阳自然崇拜，而且艺术语言更为简朴和原始，他的如火如荼的太阳羊文化系列油画、国画、剪纸创作语言，直接通向原始先民太阳崇拜的羊文化原始岩画艺术。

　　——摘自靳之林《中国本土精神的艺术之路——乔晓光作品及其创作思想》

《大奶羊》　80cm × 100cm　1997 年

《大吉羊》　80cm × 90cm　2002 年

吉祥之羊 》　 150cm × 150cm　 1995 年

《吉祥的高原》　170cm × 180cm　2001 年

《大吉祥》　81cm × 175cm　2000 年

《羊与灯》　210cm × 84cm　2007 年

《羊与灯》 210cm × 84cm 2007 年

《黄河枣林》　170cm × 180cm　2006 年

《黄河边的枣树》
164cm × 99cm 2002 年

　　朴素，是一种境界，是
一种内在生命质朴无华的灿
烂。凡朴素的东西，都不是
表面的华丽和悦人耳目的渲
染。艺术溺止于感官，不可
能有生命的朴素，天地间的
大朴素，需要我们用心灵去
感悟，需要我们投入整个生
命去发现。质朴无华的大朴
素，是人生和艺术至高的大
境界，只有朴素的自然、朴
素的人性，才能孕育出真正
朴素的艺术。
　　——摘自乔晓光《沿着河
走——黄河流域民间艺术
考察手记》，西苑出版社，
2003 年 9 月第 1 版

《高原的树》　170cm × 180cm　2002 年

鹰踏兔 · 太阳鸟

《鹰踏兔》　53cm×66.5cm　2007年

选择民间生活中流传普遍的文化符号进行新的艺术创作，这是我对民间美术田野调查后，一种艺术叙事的新尝试。在这里我不仅是一种形式语言和空间表述的尝试，更重要是去感悟理解生活中蕴含着的更深一层的生命主题。

——摘自乔晓光《玉米地手记》

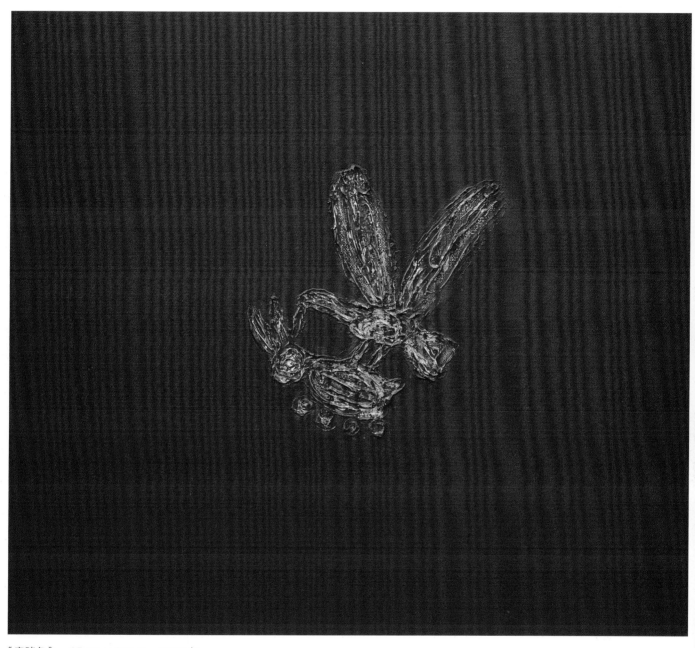

《鹰踏兔》　65cm × 75cm　2007 年

《天空中的鸟》　140cm×140cm　2003 年

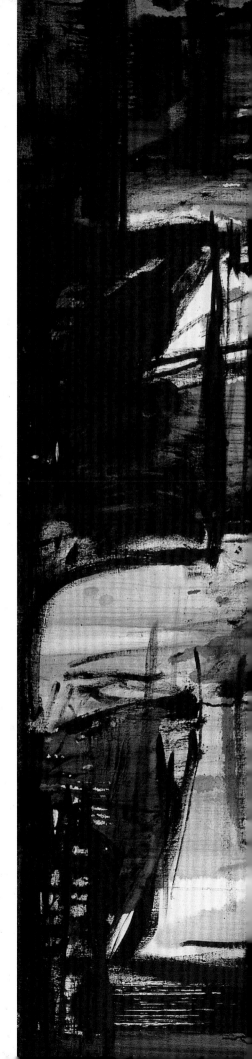

　　鸟的主题不是乔晓光创作的唯一主题，但却是他一直没有放弃的一个心灵线索。他创造的艺术之鸟，实际上也是引导他心灵探索的精神之鸟。艺术一旦生成，便成为独立的生命个体，人与艺术正是在这种生命的引导和互助之中发展的。鸟的题材在乔晓光的创作中有许多变体，有表现鸟的神性和文化象征的，有表现人与鸟朴素生命状态的，还有表现飞翔的群鸟的，尤其是近期许多表现飞翔群鸟的作品中，乔晓光的平面空间语言探索有了新的发展，这些飞鸟已不再是感官里的具象飞鸟，他提炼出了自己的符号，寻找到了个性化平面语言的空间表现，我们在其中感到一种宏大、崇高而又静穆的境界⋯⋯

　　也许飞翔的群鸟正是人类心灵一种生命的象征，在宇宙生与死的循环中，只有灵魂在永远飞翔。

　　——杨鸿英《永远的飞翔——乔晓光和他的神鸟系列》，摘自《我的
　　太阳，乔晓光作品展》图册，2001 年台湾九方国际艺术公司编辑

《红色的风》 140cm × 140cm 2006 年

《灵》 110cm × 110cm 2007 年

《灵》 70cm × 130cm 2007年

灵》　140cm × 170cm　2007 年

《有教堂的村庄》　120cm × 95cm　2005 年

红色的风

水墨作品

太阳花

《高粱熟了》　68cm×68cm　1999年

《三阳》 235cm × 50cm 1997 年

《高粱》　235cm × 50cm　1997 年

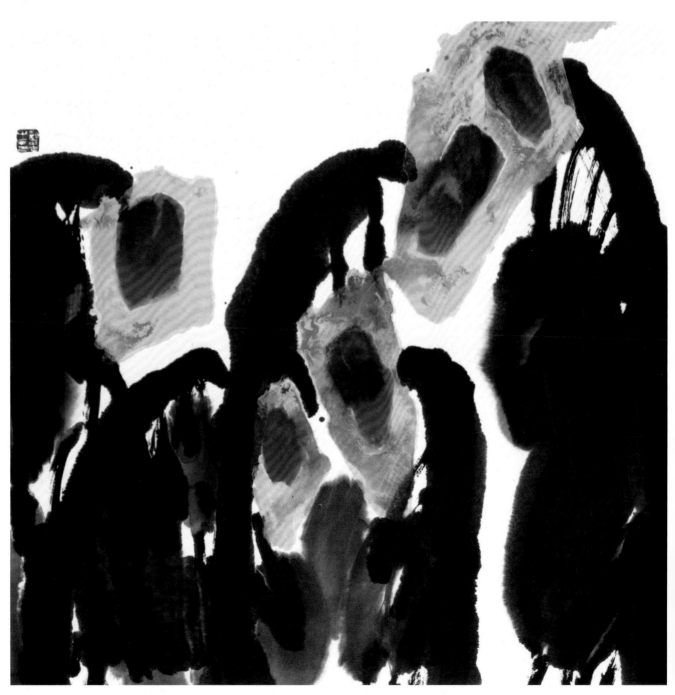

《油葵》　68cm × 68cm　1997 年

《葵花林》 68cm × 68cm 1999 年

《秋高粱》 68cm × 68cm 1997 年

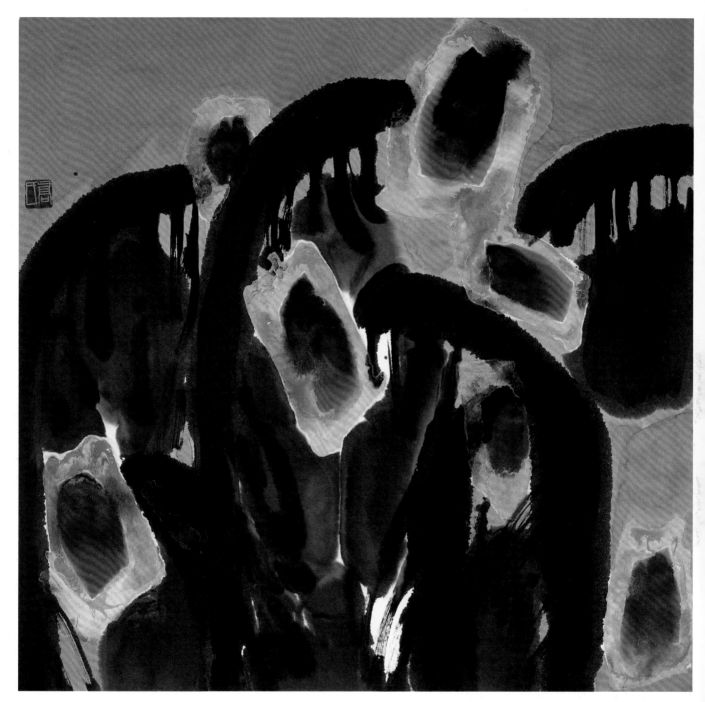

《圣家族》　50cm×50cm　1999年

乔晓光的水墨艺术创作受到民间剪纸与汉画石的影响，造型简约，色彩质朴浓丽。大量具有神话意义的动植物形象如羊、鸟、扶桑等进入画题。这些大写意作品已不是传统文人那种抒发个人感情之意趣，乔晓光追求的是抒发民族情感之大意，抒写天地之大气。水墨画的气质修养，也正是乔晓光油画意笔造型的底蕴所在，而剪纸对空间造型的探索，又成为水墨画及油画的推动。艺术的不同方法在乔晓光的艺术中已呈现出互趋融合、渐趋成熟的走向。

——杨庚新《回首民间——乔晓光创作谈》，摘自《艺术》杂志 2005 年第三期

《圣家族》　75cm × 75cm　2001 年

《葵花林》　75cm × 75cm　2000 年

《太阳树》之一　75cm × 75cm　2001 年

太阳树》之二　75cm × 75cm　2001年

太阳羊

《红羊》 235cm × 200cm 1997 年

《红羊》 235cm × 200cm 1997 年

《羊家族》　68cm×68cm　1999 年

《高原羊》 68cm × 68cm 1999 年

《吉祥》 68cm × 110cm 2000 年

大奶羊 》   68cm × 90cm   1998 年

《大吉祥》　68cm × 100cm　2001 年

《吉祥》　68cm × 110cm　2001 年

《三羊开泰》　68cm × 120cm　2002 年

《上帝的羊群》　68cm×120cm　2000 年

　　为着生命的主题，乔晓光一方面对传统题材进行了整理和再造，运用油画、中国画、剪纸、水彩、蜡笔等多种形式表现之。他赋予葫芦、石榴、金乌、羊、鹿、扶桑、抓髻娃娃以新的生命，富有很强的现代气息。吉祥羊、倒照鹿、抓髻娃娃是乔晓光最热衷表现的题材，成了他代表性的艺术图式。此外，乔晓光还发掘了一批有生命价值的新题材，像玉米地、九宫、油灯、唢呐等等。

　　——杨庚新《回首民间——乔晓光创作谈》，摘自《艺术》杂志 2005 年第三期

太阳鸟

《十日》 68cm × 75cm 1994 年

《麦田里的金乌》 68cm × 68cm 1995 年

　　也许是一种人类潜在文化记忆的复苏，或许是对民间象征文化情感直觉式的发现，乔晓光的玉米地里开始出现象征太阳鸟的乌鸦，并由此开始了他的水墨金乌系列以及后来的大红鸟和飞翔之鸟的创作。

　　乔晓光最初的水墨神鸟系列，多是以"太阳金乌"、"十日"为主题，他不厌其烦地探索着，沉浸在他发现的太阳鸟世界里，在这里乌鸦成了吉祥与神性的象征，成了红色的具有文化象征意味的神鸟，乔晓光用现代水墨方式复活了一个古老的太阳神话。但更重要的是，他为水墨这种传统的写意语言注入了新的生命语意的表述活力，他把作为自然属性的鸟与作为太阳象征的神鸟复合一体，创造出了新的具有时代精神意味的鸟意象。

　　——杨鸿英《永远的飞翔——乔晓光和他的神鸟系列》，摘自《我的太阳，乔晓光作品展》图册，

2001 年台湾九方国际艺术公司编辑

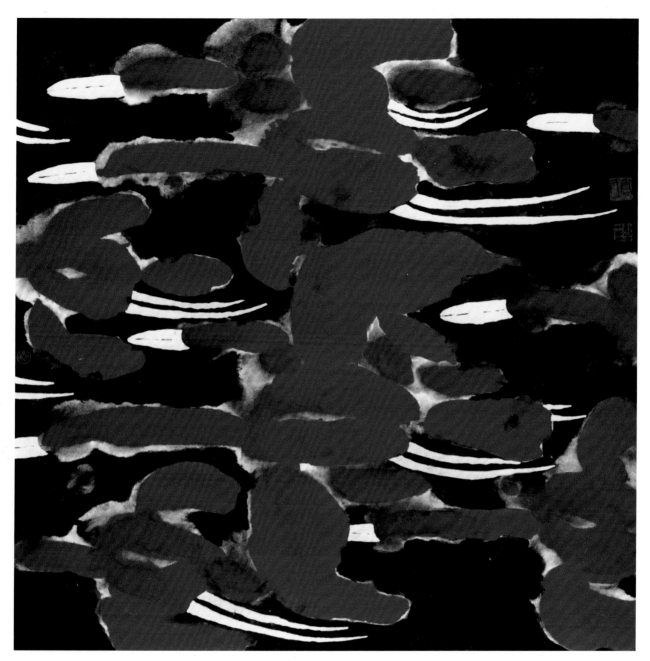

《红色的风》 68cm × 68cm 1999 年

《太阳鸟》　68cm × 68cm　1999 年

《太阳鸟》　235cm × 200cm　1997 年

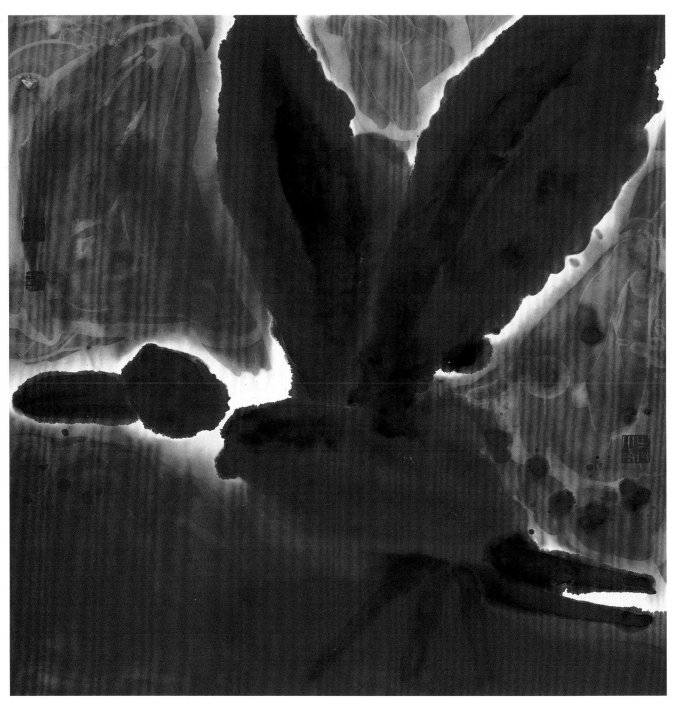

《太阳鸟》　68cm × 68cm　1999 年

《双雁》　68cm × 68cm　2003 年

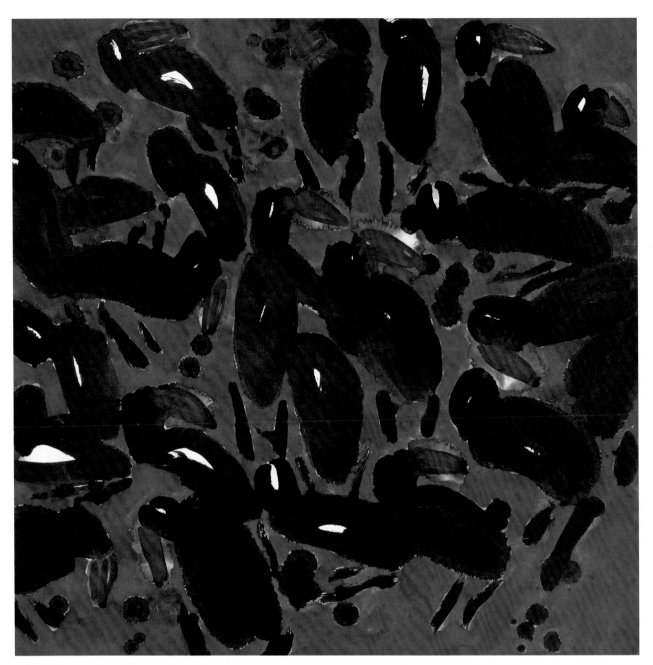

《太阳鸟》　68cm × 68cm　2003 年

《双雁》　68cm × 68cm　2003 年

《红色的风》 68cm × 120cm 2000 年

《红色的风》　110cm × 200cm　2001 年

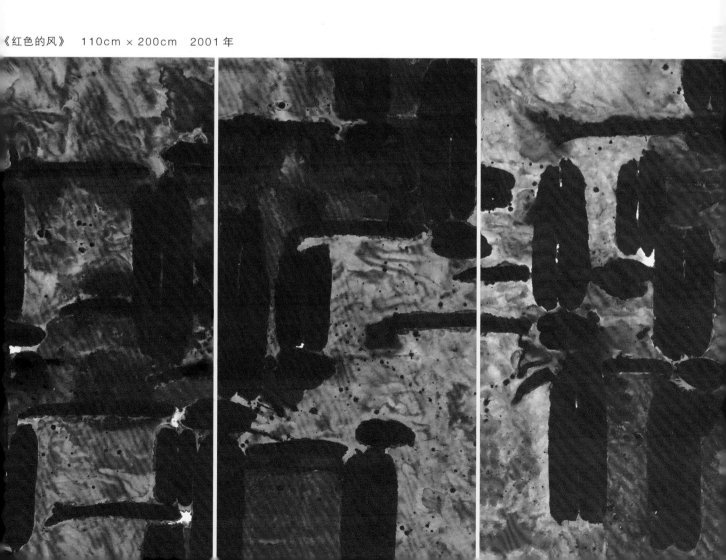

《飞翔的雁》　68cm × 135cm　2002 年

《凝固的飞翔》　68cm × 135cm　2002 年

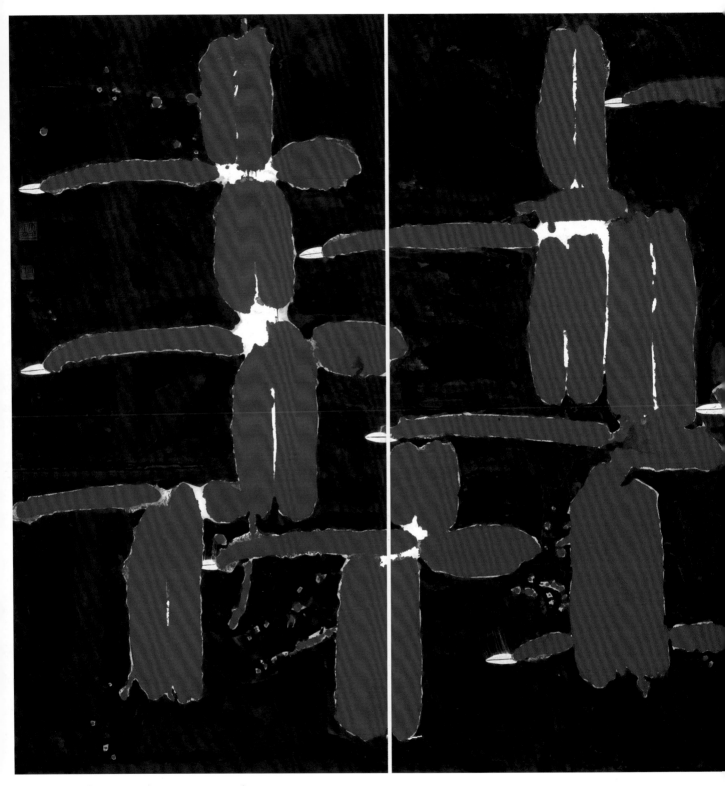

《红雁》 110cm × 200cm 2000 年

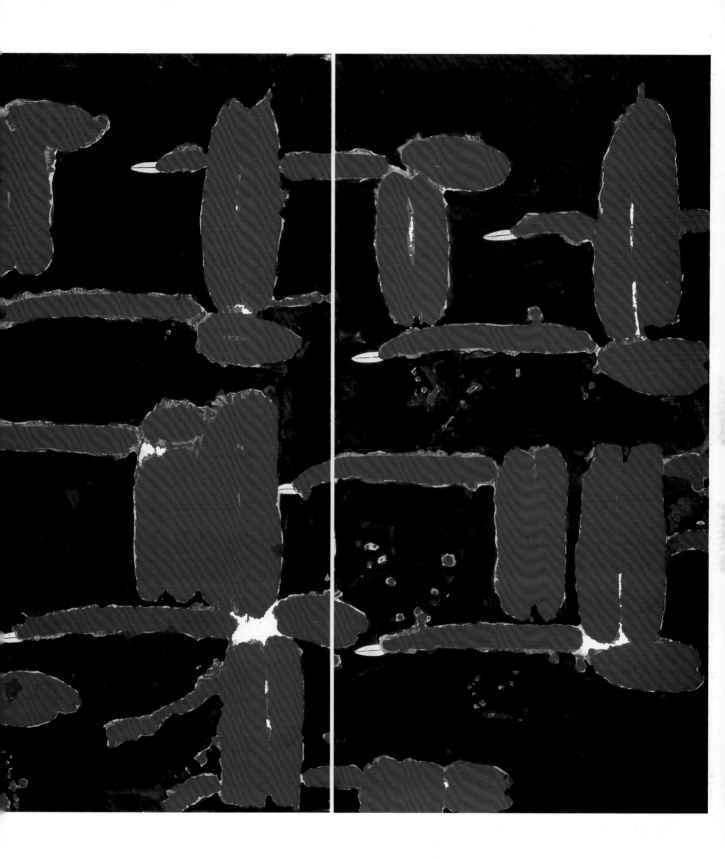

《星空》 68cm × 68cm 2003 年

心灵的纸本

剪纸作品

生活的卡侬

《南方·月色》　89cm × 110cm　1999 年

《田野里的卡侬》 89cm × 110cm 2004 年

《吉祥的神鸟》　110cm × 89cm　1999 年

《我的外祖父》　110cm × 89cm　1999 年

《影》　65cm × 90cm　2004 年

　　芬兰之行，使我看到了中国剪纸走向世界的曙光和希望，也看到了剪纸语言潜藏着巨大的东西方文化沟通、交流、包容的人性艺术魅力。剪纸在芬兰这个北欧文化背景中的展示，使我从一个更宽广的人类文化背景和人类艺术叙事本体上去思考剪纸的命运问题。我直觉地感悟到，中国民间剪纸或许会像中国传统书法一样，脱离开原本的生活实用功能后，成为现代文化形态中雅俗共赏的一种独立存在的艺术方式和文化传统。书法与剪纸，作为中国传统文化中男人与女人各为承传主体的文化方式，其深层的文化底蕴和生命思维方式是相通的。而剪纸曾经是世界上许多民族农耕文化时代共有的传统，剪纸传统中隐蔽着更宽广深厚的人性文化基因。

　　——乔晓光《娜拉与中国剪纸》，摘自《艺术杂志》2006 年第 12 期

《贵州山里人》　64cm × 50cm　2004 年

《艺术家》 64cm×50cm 2004年

《诗人鲁迅》 64cm×50cm 2004年

《山坡上的羊》 89cm × 110cm 1999 年

《母子羊》 89cm × 110cm 1999 年

　　生活是一部艺术的大书，生活中的民间美术不仅为我们提供了最具民
族精神价值的艺术粉本，更重要的是，生活中的民间艺术传统成为我们创
造情感的源泉。在陕北窑洞的土炕上，在苗族秀丽山峦中的吊角楼里，那
些天才的剪花婆婆们，使我看到了民间剪纸达到的艺术境界，看到了剪纸
中所包含着的一个民族的精神记忆和文化能量，也看到了剪纸背后，中国
乡村里的妇女剪花群体，她们树起的丰满的人性力量和生命光彩。

　　　　　　　　　　　　　　　　——摘自乔晓光《空花·剪纸手记》

《吃草的羊》　89cm × 110cm　1999 年

《奔羊》　89cm × 110cm　1999 年

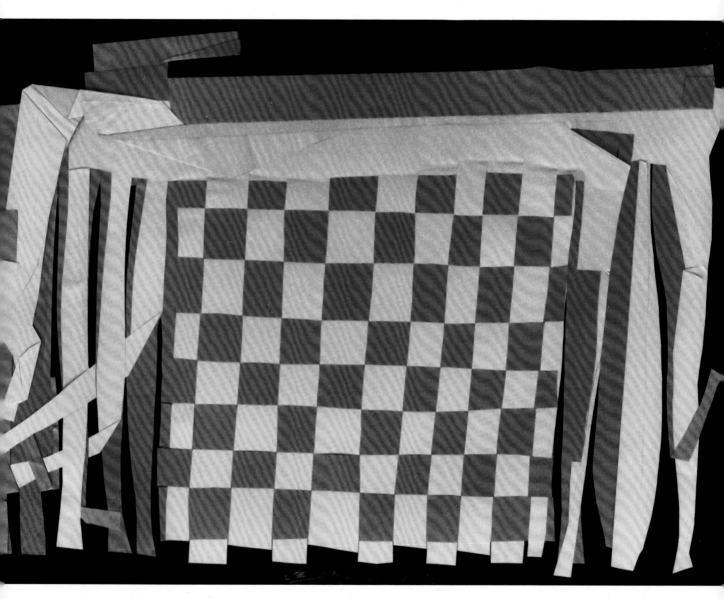

《向古希腊致敬》　89cm × 110cm　1999 年

《吉祥之门》　110cm × 89cm　2004 年

《羊与灯》 89cm × 110cm 2000 年

《吉祥的 2001》　89cm × 110cm　1999 年

《空间·吉祥之光》
（剪纸装置制作场景） 1989年

《空间·吉祥之光》（剪纸装置展示场景） 1989年

无尽的 "九宫"

《佛罗伦萨的红屋顶》 110cm × 89cm 1999年

《神性的埃及》 110cm×89cm 1999年

《向埃贡·席勒致敬》　110cm × 80cm　2005 年

《新艺术的维也纳》　112cm × 80cm　2005 年

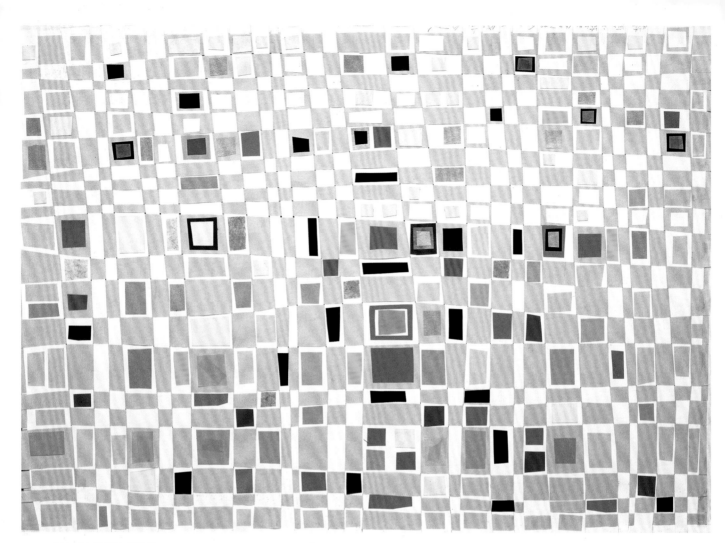

《盐河上的萨尔斯堡》　80cm×110cm　2006年

"九宫"，一个正方形里的九个小四方，一方面代表了天地宇宙的空间，同时，也是时空一体的人类灵魂象征的符号。九，也是古代数字中的最高级，像俗称九重天、九莲灯、黄河九曲等，"九宫"不仅是中华民族古老的文化符号，也是人类早期文化中共同的符号。从故宫建筑里的方格木顶棚，到藏族的唐卡和坛城、印度佛教中的曼陀罗，甚至澳州原始的岩画艺术和欧洲早期的圣像画中都有"九宫"的符号，它像一种古老神秘的基因，深入而又广泛地渗透到人类生活的各个层面。

　　——乔晓光《无尽的"九宫"——剪纸手记》，摘自《艺术世界》2000年1月号

《图画展览会》　80cm × 110cm　2006 年

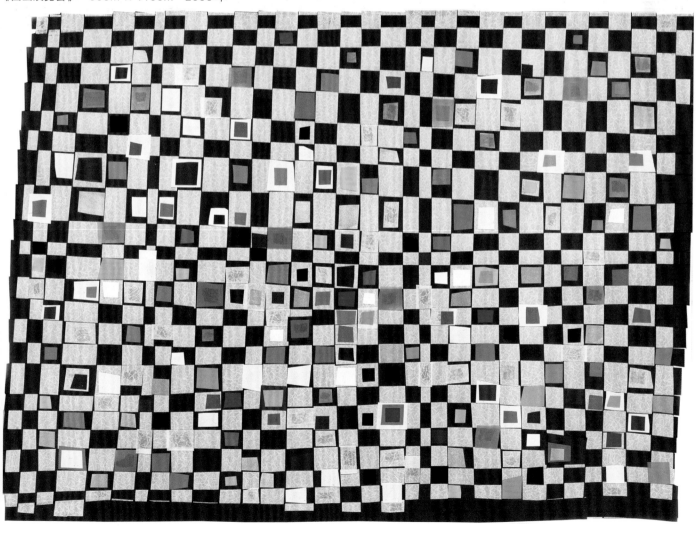

《向博尔赫斯致敬》　110cm × 89cm　1999 年

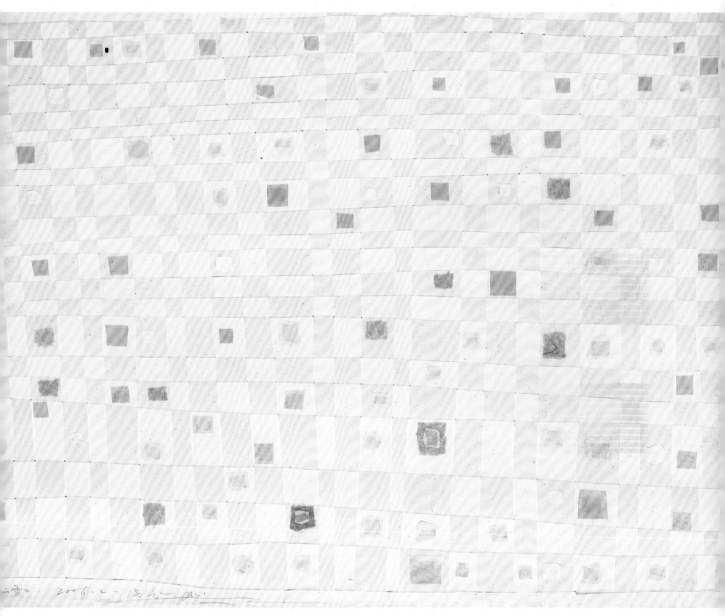

《赫尔辛基的雪》 80cm×115cm 2006 年

靠近朴素与简洁，这正是我梦寐以求的境地。用简洁表达简洁，这也是人类早期
艺术的伟大之处。

——乔晓光《无尽的"九宫" ——剪纸手记》，摘自《艺术世界》2000 年 1 月号

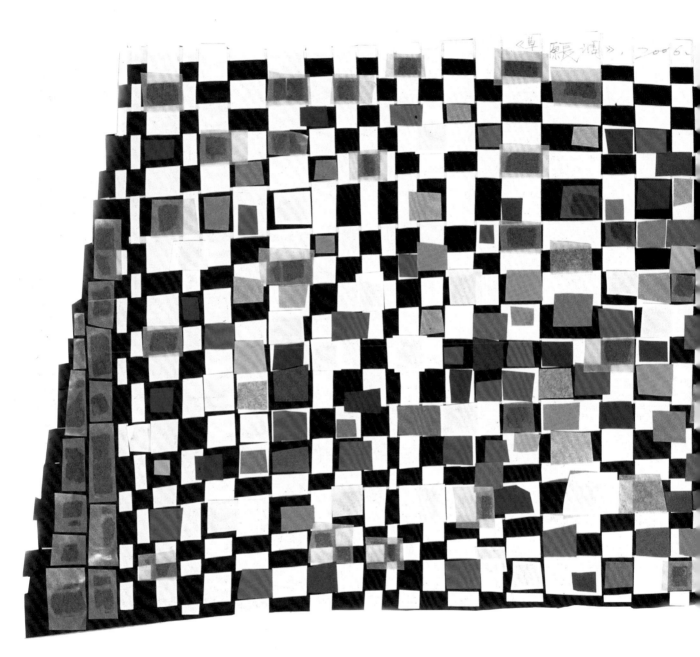

《草原长调》 52cm × 133cm 2006 年

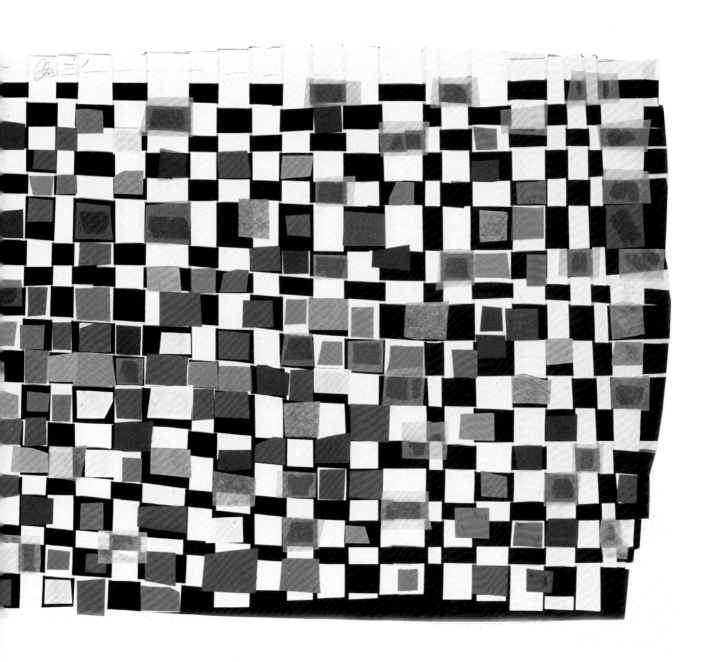

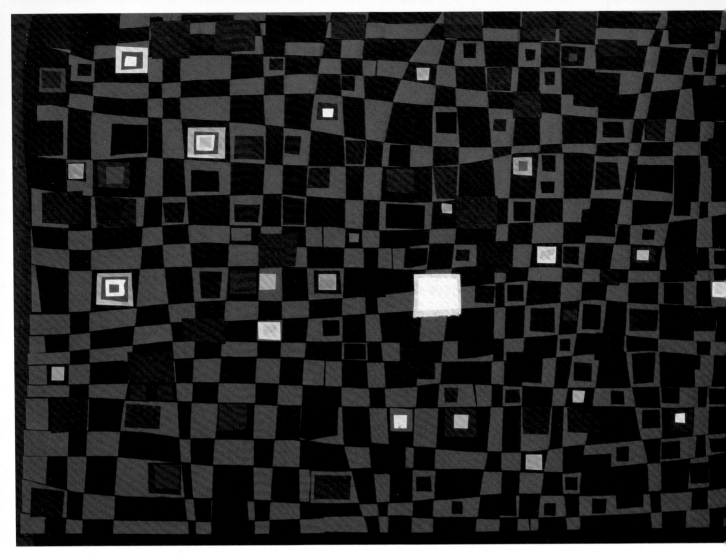

《纪念西贝柳斯·黄泉天鹅之二》　82cm × 106cm　2006 年

　　在画室里，我偶然把一张张彩纸摆放在一起，终于萌生了用经纬编织的方法来创造我的"九宫"。这种简单到极致的手工方法一直可追溯到新石器时代早期彩陶的编织印纹上，又可回归到今日乡村的编苇席和织布中。我采用这种简洁的手工方法，用不同色彩的纸张剪裁编织"九宫"，并不追求效果的丰富复杂，只是想表达我对事物和世界整体的概括的感受和印象。

　　用纸张的不同色彩象征不同文化，并且与心灵的感受相对应；踏着内心生命气韵的节奏，剪开一条条经纬九宫之线，我任自己的心去自由漫步、空灵地包涵，体验到在约束之中的自由，也把握到一种非形象的传达信息方式。

　　——乔晓光《无尽的"九宫" ——剪纸手记》，摘自《艺术世界》2000 年 1 月号

《纪念西贝柳斯·黄泉天鹅之三》　82cm × 106cm　2006 年

挪威现代舞戏剧《寻找娜拉》2006年北京首演现场

"娜拉的屋"设计

鸟、鱼和花草象征女性和女性的尊贵美丽，此设计运用了"瓶里插花"、"凤戏牡丹"等民间符号观念。

象征着美丽和自由的蝴蝶在此设计成犹如面具的纹样,以此表达娜拉内心潜藏着的矛盾和忧虑

象征着女人世界剪纸布景前的娜拉与丈夫

6·象征着女人世界剪纸布景前的娜拉与丈夫

娜拉与中国红色剪纸版的舞台空间

站在象征男权社会龙纹布景前的娜拉的孩子们

娜拉与丈夫的舞蹈。具有中国剪纸大红特色的舞台空间，使娜拉的表演被置放在一个浑厚质朴、充满生命活力的氛围中

"地面椭圆形图案"设计。花草、吉祥动物、娃娃、鸟等,象征大自然乐园和生命和谐共生的世界

客厅"的设计。莲花、鸟、鱼、牡丹、娃娃等吉祥花样,象征女性的生命繁衍和富贵美丽

"狂欢节一场"的设计。以大桃树神话、太阳与月亮的神话及鸟等动物，象征大自然生命欢乐和活力

"家外的墙"设计。龙，象征男性、权力和男权社会

"娜拉和孩子们的屋"设计。花草与小动物等纹样，象征女性与儿童的亲情和田园诗意

"狂欢节一场"设计。以蝴蝶纹样构成面具图案，隐喻内心与外表的矛盾冲突

　　《艺术》杂志为纪念易卜生，推出中央美术学院乔晓光教授撰写的有关纪念易卜生艺术活动的文章，以及他受挪威易卜生剧院之邀，为该院在中国首演的现代舞戏剧《寻找娜拉》设计的剪纸版舞台美术和海报。乔晓光近几年一直致力于非物质文化遗产教育传承和民间剪纸的申遗工作，在社会产生了很大的影响，今天他又成功地将中国剪纸推向了纪念易卜生的世界戏剧舞台。他用中国特色的剪纸版舞美设计，营造了重新诠释易卜生经典剧《玩偶之家》的戏剧文化空间，这不仅是中国艺术家以独有的剪纸方式对世界纪念易卜生活动的参与，也是把中国乡村"剪纸娘子"现象与"娜拉"的故事，作为女人的命运与当代问题共同思考的一次东西方艺术的对话。

——《艺术》杂志2006年第3期编者按

"孩子们的屋"设计。娃娃山、生命树与十二生肖，象征生命的诞生与轮回，也象征着童心情趣

《寻找娜拉·海报之一》 109cm × 78.5cm 2006 年

《寻找娜拉·海报之二》 109cm × 78.5cm 2006 年

《易卜生像》 58cm × 79cm 2006 年

2006年夏季，在画室为挪威现代舞戏剧《寻找娜拉》设计舞台美术时的剪纸工作照

生活之灯

纸上作品

人与灯

《人与灯》　45cm × 30cm　1998 年

《人与灯》 30cm × 45cm 1998 年

《人与灯》 30cm × 45cm 1998 年

《人与灯》 65cm × 45cm 1998 年

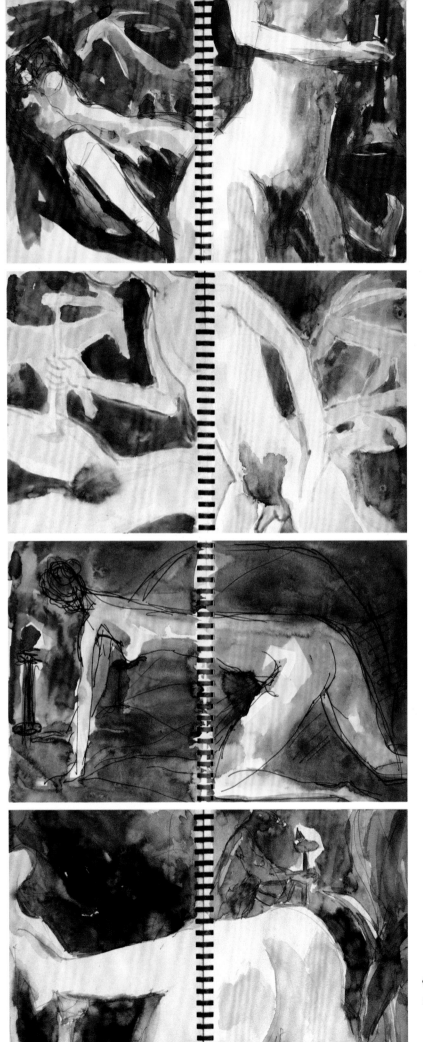

《人与灯》（四幅）

30cm × 45cm 1998 年

人与羊

《人与羊》 30cm × 45cm 1998 年

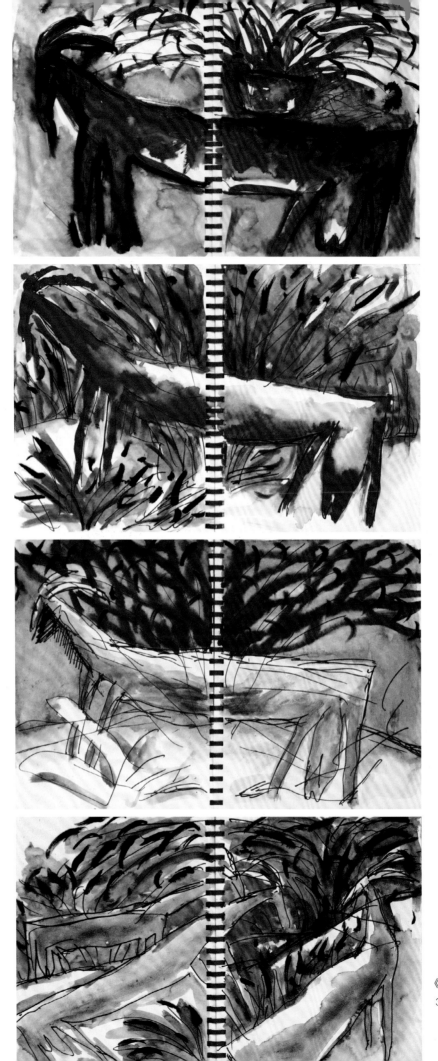

《羊与花》（四幅）

30cm × 45cm 1998 年

《人与羊》 55cm×40cm 1998年

人与鸟

《灵》(两幅)

52cm × 78cm   2001 年

《人与鸟》 30cm × 45cm 1998 年

《人与鸟》　53cm × 38cm　2000 年

艺术家文献

新剪纸走向成熟

刘骁纯　　原《中国美术报》总编　　中国艺术研究院艺术博士

　　乔晓光，男，28岁，1982年毕业于河北师范大学艺术系，现为衡水铁路中学教师。他的作品的出现，标志着从延安时期开始的新剪纸，经过数十年的徘徊和探索，开始走向成熟。它使新剪纸从非驴非马的尴尬状态中解脱出来，展现出新品种的曙光。这些作品，不难看出民间剪纸、原始艺术、毕加索的残痕，但已不是生拼硬凑，而是融为一体的新生命。我想，预示着剪纸发展新阶段的艺术家，未必只有乔晓光一人。

　　《中国美术报》，1986年1月20日总第26期第3版

"米羊画室"文献1

小蚂蚁
——米羊画室

（《绘画新潮》张蔷著　江苏美术出版社1988年6月出版）

　　衡水，河北省中部偏东的一个中等城市，米羊画室是由衡水市的三位年轻人组成的一个艺术团体。

　　"米羊"，有什么含义？粗一看，"米"和"羊"分解开来都有各自的独立的意思，但你不能将"米"、"羊"分开来当做两个名词看，那么合起来又当何解？恐怕谁也难于讲得清了。"米羊"是一个词，它是衡水地区的一句土语，"米羊"即指"蚂蚁"。河北的土话不少，就像磁县老百姓把"老鼠"读作"班长"（音同，字不清）一样。蚂蚁，属极弱小的一类生物，人们常将自己比作大千世界里的小蚂蚁藉以自嘲，比喻微不足道，说踩死只蚂蚁又算个啥！不过，在我们意识里往往把蚂蚁与蜜蜂连在一起，蜜蜂辛辛苦苦采集花粉、酿造成蜂蜜并储存起来，被人取而食之。而蚂蚁又有什么好拿来为人利用的，我不知道，恐怕世人还没发现。但至少有一点是共有的，那就是蜜蜂与蚂蚁都具有勤劳的美德。我小时候最爱看蚂蚁搬家与蚂蚁造桥，雷雨即将来临之际，泥地上成千上万只蚂蚁挤在一起，像一条黑色的带子甩在地上，不过，这是一条每一个构成点都会动的黑带子，它们拼命地来回奔跑，忙碌地搬运食物。"米羊画室"的命名是否取蚂蚁的弱小与勤劳两重意思？我没有询问过画室的成员。

　　米羊画室，1985年5月成立，1986年1月在河北省省会石家庄举办了"米羊画室近作展览"，展期十天。美协河北分会为此开了两次讨论会，"与会的省会及石家庄地、市画家对段秀苍、王焕青、乔晓光三位青年的勇于探索精神及取得的可喜成绩给予了充分的肯定。"（《河北美术通讯》，1986年第1期）从总体上看，米羊画室成员的作品地区性特点很强烈。河北武强是北方民间年画很发达的一个地方，他们三人对武强年画、民间工艺都有很浓的兴趣，并想追本溯源，探个究竟。所以，他们作品里透露出来的审美意识与民间艺术有着千丝万缕的联系；又因为地域的一定程度的封闭性，使他们这种孜孜以求的精神少受外来的干扰、主体意识的觉醒与自主能力的发挥，综合这三个方面的因素造就了米羊画室的作品给人留下深刻印象。

　　集体的意识倘若是如此的话，每个艺术家的个体意识也不尽相同，他们之间存在着差异。

　　王焕青，河北师范学院油画专业1982年毕业生，最近四五年在群众艺术馆做美术辅导。工作之余画油画，也作版画、剪纸。《我家屋后的集市》、《腊月的故事》，还有《田园·八月》、《冬天过后的平原》这类作品叙述的成分多些，但像文学

作品中的散文而不强调情节。汲取民间艺术的形式因素是显而易见的，《我家屋后的集市》借重民间绘画的表现方式，作多视角的平面构图，同时线条与色彩力求活泼与丰富，以去呆板。《对话》与《星光》则偏重于现代意识的表达。与前面提到的一类作品相比较，主要区别是民间绘画审美意识的明显减弱，简洁、概括的红马造型，红、蓝、黄、绿四种颜色的单纯与比照(从颜色纯度看，又有民间年画的特点)，马和绿树等艺术形象的错位与倒置等手法，都与传统的绘画观念既有联系又有区别。

"民间的造型艺术往往为内容所超越，一件艺术品仅仅是引起人们某种联想的媒介。"王焕青在《"民间"，给我的暗示》(《河北美术通讯》1986年第1期)一文里这样说。他感到"民间艺术是最有启发性和联想性的，象征意味本身是对画外某种东西的暗示，而画外的一切留给了欣赏者潜在的联想天赋去补充"(引文同上)。民间绘画意识中的"洞察"与"悟"，王焕青认为是民间艺术造型的基本内涵，又以此区别于现代派艺术的造型观念。

乔晓光是衡水本地人，他与王焕青是师院的同窗好友，走出校门回到家乡，任铁路中学美术教师。在大学里学的是中国画，近两年他在搞油画、版画和剪纸。《玉米地》和《半坡村的一天》等油画，构图与色彩有浓郁的民间绘画味，造型寓稚拙感于夸张、变形之中。在他从事的各种绘画品类中，剪纸更见特色，剪纸作品融合了古老的民间意识与现代意识并达到了和谐的境地。无论是古老神话、传说故事题材，还是现代生活题材，都令人感受到陕北民间剪纸艺术赋予他的养分，以及与毕加索的分解、综合艺术形象的现代艺术观念的远亲关系。《庖丁解牛》与《漫下坡》成为这一时期剪纸艺术的代表作品。他和王焕青一样，最崇拜的艺术家中有一位名不见经传的张林召。张林召老奶奶是陕北民间剪纸老艺人。

段秀苍，河北衡水文联出版社的美术编辑，他没有受过美术专业训练，但自幼酷爱美术。他既涉足中国画、连环画、也搞纸板画、剪纸和雕塑。他在《绘画遐想》(《中国美术报》1986年第7期)这篇文章里分析当代画家困境时说"他们只能用特定的工具材料去重复那些陈旧的形象符号。因为，在他们面前，历代诸多的艺术大师，在充分显示着他们的伟大……他们忘记了自己可以另外开创一个世界，而把自己笼罩在大师的光环之中，……其实这并不是他们缺少艺术家的天赋，而是被后天教育所束缚的结果"。他期望未来的绘画"能够像人类的初期，像儿童那样，用一切可以用来作画的工具和材料表述自己的情感"。

"米羊画室"文献 2

《中国现代艺术史》

吕澎、易丹著，湖南美术出版社1992年5月出版

对传统艺术进行重新审视的思潮到了1985年底已经波及到中国的中小城市。就在河北中部的一个小城市里，我们也能看到有异于人们审美习惯的、具有活力的现代艺术作品，于1986年1月在石家庄市举办的"米羊画室作品展"，给观众带来了新的精神空气。米羊(当地土语"蚂蚁"的意思)画室早在1985年5月就成立了，成员只有三个，即1982年毕业于河北师范学院的王焕青、当地铁路中学美术教师乔晓光和河北衡水文联出版社美术编辑段秀苍。这三位艺术家能够聚集在一起是因为他们有着共同的思想倾向。他们认为：

人的感觉是丰富的，任何一种理性的抑制都使绘画变得枯燥。米羊画室将在绘画中体验自我感觉和敏感的宽容度。……米羊画室的同仁们将不拒绝绘画中的任何形式、任何内容。

实际上，艺术家们仅仅表达了一个意思：即创造的自由。这一点与其他地区的青年艺术家的思想是没有什么不同的。我们看到在这三位艺术家的作品中，都不同程度地表现出民间艺术和民间文化的影响；王焕青的油画《正月·快乐的北方》具有极浓的民间文化的色彩。艺术家听凭自我感觉本能地找出了民间艺术与现代艺术之间的共同点。作品色彩对比强烈，

形象夸张，并且消除了焦点透视，使画面成为一种自足体。从这位艺术家的画中，我们能感受到艺术家对质朴、纯真的追求。当然，类似《正月》这样的画同时又是一种暗示：对质朴和纯真的追求是因为艺术家在日常的生活中缺少这些东西，现实在当时的人的心中总是造成一种焦虑和倾向于病态的复杂心理。而《等待春天》就体现出了这样一个内心世界。这位艺术家说："好画就是求索中留下的痕迹，它纪录着画家或一代人内心的轨迹。"所以，我们从艺术家的作品中看不到对民间艺术的简单复制。

乔晓光的作品更加倾向于"稚拙"风格。《画乡》中的人物造型和房屋、树木都能显示出艺术家这方面的特征，以致给观众一个"纯民间"的印象。实际上，这位艺术家曾宣称他对传统与民间丝毫不予回避，只是对传统与民间抱有新的认识。他说："我们应把传统绘画和民间造型艺术放到民族历史文化形态中，以现代意识进行整体的观照与比较，从中寻求新的启示。"作品《空间·吉祥之光》很好地体现出艺术家的这一基本态度。在这幅画中，我们能看到毕加索的影响(如虎头)、夏加尔式的超现实主义的启示(如画中虎与儿童的无重力的悬空)以及民间艺术和稚拙艺术的痕迹(画中的造型与色彩的设计)。与王焕青相比较，乔晓光更注意形式的愉快性，并强调语言的单纯、简洁。但是，艺术家非常重视"从自己'原始'的心灵中去汲取创造的力量"，就使得他的作品有别于对民间传统进行机械"继承"的那类作品。也可能是卢梭(Hend Russeau)的那种稚拙艺术对这位艺术家的影响不小，使得他对儿童般的"原始"心灵过分看重，而不去顾及由现实刺激出的对人的存在问题的严肃表现。

在段秀苍的画中，民间和儿童心理的特征较弱，他的中国画表现出一种成人的思索。在《天·地·人》中，艺术家使用了阴阳符号，以体现对生命存在的思考。《三个对话者》更是关于一种理性的特点揭示。段秀苍在这时隐隐感觉到艺术的历史使得艺术家难以使自己的纸或画布保持一种无物的白版态，"这给所有有志于创新的人，带来了无数的烦恼"。因此，如何超越原有的艺术观念以及艺术形式，就成了艺术家的努力方向。艺术家很清楚作为一个艺术家应有的心态：

艺术家要保持精神的平衡，永远寻找自身潜在的创造力，觅寻包括自己在内的万物之灵性，是最为重要的。

米羊画室成员的作品曾于1987年2月在北京中国美术馆展出过，给观众留下了印象。

"米羊画室"文献3

《新中国美术史》

邹跃进著，湖南美术出版社2002年11月出版

一个有意思的现象是，中国借用民间艺术来创造现代艺术，仍然带有"乡土中国"的特点。这是区别于西方现代主义艺术都市化特征的一个重要方面，也是中国艺术家们在创作现代艺术过程中所显现出来的独特性。我们不能因此而抹煞这种独特性的意义。中国民间艺术被艺术家们进行使用和重新认识，体现了中国现代艺术家们，或者说具有创新意识的艺术家们，想把本土的艺术转换为现代艺术的种种努力。但是在这种努力中，我们看到的还是一种现代西方艺术观念对中国民间艺术的重新起用。如果我们从这个角度来理解中国现代主义艺术家对民间艺术的青睐，就能发现他们用中国的民间艺术作为现代艺术创造资源所反映出来的矛盾心态。

以民间的艺术资源作为现代艺术创造资源的艺术家，在80年代早期和中后期都有。如1985年5月成立于河北衡水市的"米羊画室"，就是比较早地作这方面努力的一个小群体。这个群体的人员由衡水铁路中学美术教师乔晓光、河北衡水文联美术编辑段秀苍和毕业于河北师院的王焕青三个人组成。他们的作品主要以民间艺术为资源，进行现代转换的尝试。在三个人的作品中，段秀苍企图在民间与文人画之间建立一种联系，而乔晓光的艺术则以全景式的视角展现中国乡村给人的那种淳朴、稚拙、纯真的感受。

朝向心灵的母亲河

——一个关注公共空间民间文化的青年学者和艺术家

宏 英

  乔晓光是国内民间美术研究领域的后起之秀，是中国高校非物质文化遗产与民间美术研究学科发展开拓性的青年学者。20多年来，他兢兢业业、脚踏实地地从事民间美术研究和教学，坚持不懈地深入黄河、长江流域民间乡村田野调查，不仅在民间美术研究上有所建树，同时他也是画坛上一位优秀而又独特的从本土民间文化走向现代的多媒材艺术家。新世纪初，教科文启动"人类口头和非物质遗产代表作"项目时，正值全国高校民间文化相关学科被现代化的潮流冲向低谷的时期，乔晓光表现出一个青年学者和艺术家高度的社会与民族责任感，表现出一个当代知识分子面向社会公共空间的文化敏感和学术良心。2002年4月他率先在中央美术学院创建了国内首家非物质文化遗产研究中心，开始主持并承担了中国民间剪纸申报教科文"人类口头和非物质遗产代表作"项目的全部志愿工作。他带领自己的研究生，以智慧和创造性的社会互动协作管理模式，迅速建构了开放的学科发展平台，联合并调动起教科文、国家相关部门、社团组织以及文化遗产地政府、民间传承人、高校青年学子等广泛的社会力量，共同参与到了民间剪纸申遗工作及非物质文化遗产传承保护的事业中来。1000多个日日夜夜，乔晓光带领自己的学生以志愿者团队方式，每天工作10多个小时，没有礼拜节假日，在资金缺少的情况下，完成了教科文申遗要求的一系列高专业技术含量的项目工作。成功地举办了民间剪纸国际学术研讨会，"中国民间剪纸天才传承者的生活和艺术"大型申遗展览，编辑了中英文版的大型申遗画册、会议文集，自己编稿、拍摄、剪辑了中英文版的申遗录像片，完成了民间剪纸天才传承人的补充普查工作，以及大量的民间剪纸申遗推介宣传工作，在社会上产生了极大的影响。

  3年多的申遗工作，乔晓光表现出一个具有极强社会实践能力的青年学者的智慧品质，也表现出他出色的现代型项目管理实践的才能。志愿者方式只是一种社会公益热情，乔晓光主持的申遗项目在资金、人力短缺状况下，能够出色完成项目任务，他说成功的经验是"在战争中学习战争"、以"信息型实践"的理念使策划和信息具有了金钱与社会互动的能量。他说一个人是打不赢一场战争的，现代型社会是需要不断的学习和精诚合作的社会，只有唤起每个人做将军的热情、信心和责任，战争才能无往而不胜。乔晓光是一个领悟了现代型社会文化"战争"的智慧策划者，同时，他也是一个前沿持枪上阵的专业战士。2002年10月在中央美术学院支持下，乔晓光成功地策划并承办了"中国高等院校首届非物质文化遗产教育教学研讨会"，推出了《非物质文化遗产教育宣言》，成为国内非物质文化教育传承的先声。会议后，乔晓光风尘仆仆，以公益信息策划服务的方式，帮助国内许多高校建立了非物质文化相关研究与教育传承中心。他说现代企业管理已告诉了我们非常成功的经验，一个事业要走出困境，那就是将前沿信息迅速分享于同行，积水成河，方可行舟，封闭式的造船思维是成不了大业的。他说，我推广非物质文化传承的方法就是无偿地为人作嫁衣。2003年元月一日，他成功地策划并联合北京大学、清华大学、中央民族大学等高校发起创建了"青年文化遗产日"，每年的第一天，倡导青年人缅怀祖先创造的文化遗产，走向社会为民族文化遗产传承保护做公益事业的工作。在几届活动中乔晓光呼吁青年群体关注本土文化传承，关注公共空间的非物质文化传统和农民传承群体的生存现状及文化权益和文化尊重。呼吁国家尽快建立"国家文化遗产日"，推动中国文明转型期全社会对本土文化传承创造发展的文化自信与自觉，倡导青年人树立起面向公共空间的人文精神。在当今物欲至上追逐功利和时尚潮流的时代，被冷落的公共空间中，乔晓光成为又一个为人文薪火添柴的有社会良知和责任感的青年知识分子。

  在3年多的非物质文化保护传承事业的开创性工作中，乔晓光多次深入黄河流域及云贵高原少数民族乡村田野调查，补充天才传承人的信息资料、拍摄影像文件及民俗场景图片、收集剪纸代表作。高强度的工作、复杂繁忙的工作量，风尘仆仆乘车的长途跋涉和颠簸，常常是肠胃紊乱，身体极度疲劳，一吃饭就恶心。但乡村妇女剪花娘子天才传承人的艺术和人生的磨难，以及乡村非物质文化贫困边缘的处境，深深感动了乔晓光和他的学生。乔晓光说，乡村里许多天才的剪花娘子，在申遗过程中相继去世，有些在拍摄完几天后就去世了，她们的剪花样子和民俗记忆也随之消失。但实际上仍有许多有代表性的剪花娘子我们还没有发现，少数民族地区的剪纸许多地方没做普查。她们悄悄地来，默默地去，这个时代的民间文化如时光一样天天在消失。在民间剪纸遗产申报的过程中，面向社会公共空间，乔晓光提出了一系列引起社会关注的问题。

他提出了"活态文化"的概念，并提出以民间文化为主体的"活态文化"同样是中华文明持久性的核心因素。他提出21世纪初叶中国社会转型期的"剪花娘子现象"，呼吁社会尊重中国乡村世代劳动妇女群体为中华民族文化传承作出的文化贡献，呼吁社会关注乡村民间剪纸妇女传承群体的生存现状。他呼吁"三农"问题中要关注对乡村非物质文化传承和农民群体的文化权益、文化自发性的尊重。他提出民间文化的共生性特征，倡导以不同民族传统节日为核心方式的非物质文化传承保护理念。他呼吁尽快启动国家教育领域的非物质文化教育传承事业，尤其是贫困地区和少数民族地区乡村中小学非物质文化教育传承。呼吁国家教育改革中尽快将本土积淀深厚、文化多样性的非物质文化资源引入国家教育知识体系中来，以改变现行教育知识体系与本土丰厚多彩的文化资源不相称的现状……

乔晓光目前正在主持实施联合国教科文组织参与计划项目，开始联合南方与西北的高校在国内不同区域举办非物质文化遗产教育传承的师资培训工作，以普及推广非物质文化学科发展，让更多文化遗产地的高校参与进来。乔晓光是一个脚踏在民间大地上的勤奋实践者，也是一个立足本土面向公共空间文化自尊自信的知识分子和艺术家。20年前当85美术新潮席卷大地之时，刚刚开放的中国，大部分青年人仰慕追随西方艺术思潮和流派，乔晓光联合身边的青年画家，提出了立足本土民间文化走向现代的艺术主张，成为当时独树一帜的北方著名青年艺术家群体。乔晓光是一个注重思想和行为一致的艺术家，他以油画《玉米地》系列和开拓性的现代剪纸创作步入画坛，成为当时颇具影响力的青年艺术家。言行一致是宗教信仰的价值观，也是人生能激发出巨大能量的生存行为方式。20多年来，乔晓光诚挚勤奋地实践着思想与情感的初衷，他表现出惊人的耐心，也表现出艺术家出色的敏感，表现出青年知识分子人格独立的文化判断和朴实而又激情充沛的生命状态。乔晓光从1985年创作大平原《玉米地》，显示了对民间文化独树一帜的选择，20年后他又一次在非物质文化事业上敏感率先地去实践，回望乔晓光20年情感与精神的历程，这也是一种人生的必然。他说是变革的时代给了我们幸运的机遇，朝向民间艺术的母亲河，使我感悟到许多有生命光彩的东西，这些都是学院教科书中没有的。

他说，民间艺术的学习是在生活与大地上走出来的，这使我认知到了文化的人民性，明白了一个朴素而又深刻的道理，是人民以活态文化的方式在守护着民族多样性的文化底线，是人民以生活的方式守护着中国本原文化的情感底线。但文化尊重离活态文化传承主体的农民群体还相差得很远。时代给了我们一个机遇，可以名正言顺、大张旗鼓地为中国乡村劳动妇女群体和她们传承的民间剪纸申报世界遗产，这是一次走向母亲河的朝拜，是朝向母亲的人类学实践，是不可能有重复的机会。我们抓住了这样一个机会。但从一开始我就明白，乡村妇女需要的不是教科文给一个什么光环，遗产申报不是目的，文化传承才是根本。民间艺术最本质的意义永远指对着生存群体的人。想一想自己的母亲，她对儿女和后代需要什么呢？她要的是儿女内心最真实的情感和这种情感为儿女们带来的家庭幸福和温暖。人民需要的是真正的文化尊重和人性关怀。

乔晓光说真正的民间守望者不是我们，是那些乡村里的剪花娘子和民间艺术传承群体的农民。人民才是我们民族真正的文化守望者。时代应当向人民致敬。我只是民间文化的受益者，一个懂得了读生活之书的人，一个走近母亲河的幸运者。我们应当感恩生活，感恩生活里民间文化的母亲河……

（2006年中国民间文艺家协会、冯骥才民间文化基金会"民间文化守望者"评选活动专题采访文献）

作者简历

　　乔晓光，1957 年生于河北邢台，中央美术学院非物质文化遗产研究中心主任、院学术委员会委员，人文学院文化遗产学系副主任，研究员、硕士生导师。1982 年河北师范大学艺术系中国画专业毕业，获学士学位。1990 年中央美术学院民间美术系研究生毕业，获硕士学位，留校任教至今。20 多年坚持实践以树立本土文化精神为主旨的艺术探索之路，艺术作品多次入选国家重要展览，并在国内外多次举办个展。从 1986 年开始，近 20 年时间考察黄河流域、长江流域民族民间艺术，关注民间习俗文化和中国乡村社区非物质文化传承现状。2000 年以来，致力于非物质文化遗产新学科创建以及相关社会项目的参与实践，探索以人类文化遗产为主题的艺术创作与国际间的艺术交流。2002 年 5 月在中央美术学院创建国内首家非物质文化遗产研究中心，2003 年元月 1 日联合北京相关高校策划创立中国第一个文化遗产日——"青年文化遗产日"。享受国务院政府特殊津贴，中宣部全国"四个一批人才"，2006 年获中国民间文艺家协会与冯骥才民间文化基金会颁发的"民间文化守望者"提名奖，2007 年被国家人事部、文化部授予"全国非物质文化遗产保护先进工作者"称号。

主要学术及艺术活动

专业领域：

主要从事非物质文化遗产与民间美术研究及专业教学，主持非物质文化遗产研究中心相关社会项目及专业科研课题研究

艺术创作：主要从事油画、现代剪纸、现代水墨画等多媒材艺术创作实验及艺术教学

文化项目：

1. 主持中国民间剪纸申报联合国教科文组织"人类口头和非物质遗产代表作"项目（2001—2005年）

2. 主持美国福特基金会赞助的"中国民间剪纸原生态保护与教育传承"项目（2002—2004年）

3. 主持"中央美术学院西北非物质文化遗产保护研究基地"项目（2002—2006年）

4. 策划并主持承办由教育部、文化部、联合国教科文组织支持、中央美术学院主办的"中国高等院校首届非物质文化遗产教育教学研讨会"（2002年10月中央美术学院）

5. 策划并主持承办由中央美术学院与联合国教科文组织驻京代表处联合主办的"中国非物质文化遗产·民间剪纸国际学术研讨会"（2004年4月中央美术学院）

6. 策划并主持由中央美术学院与联合国教科文组织驻京代表处联合主办的"走近母亲河——中国民间剪纸天才传承者的生活和艺术"大型展览（2004年4月，中国美术馆）

7. 策划并起草教育部委托项目"中华民族优秀传统文化中小学教育传承项目实施规划草案"（2003年10月完成，2004年7月启动）

8. 策划主持由中央美术学院、清华大学、北京大学、中央民族大学等高校联合倡议发起的"青年文化遗产日"（每年元月1日）活动，现已完成四届主题性文化遗产日活动

9. 策划主持联合国教科文组织参与计划项目"中国非物质文化遗产教育传承及师资培训"（2005—2007年）

10. 担任挪威易卜生剧院"纪念易卜生诞辰250年·《寻找娜拉》现代舞戏剧"艺术顾问及舞台美术设计

学术著作及获奖：

1. 《中国民间吉祥艺术》（合著），黑龙江美术出版社，2000年

2. 《沿着河走——黄河流域民间艺术考察手记》，西苑出版社，2003年

3. 《活态文化——中国非物质文化遗产初探》，山西人民出版社，2004年，获教育部中国高校第四届人文社科优秀成果（艺术类）三等奖

4. 主编《交流与协作——中国高等院校首届非物质文化遗产教育教学研讨会文集》，西苑出版社，2003年

5. 主编《中国民间剪纸天才传承者的生活和艺术》大型画册（中英文合版），山西人民出版社，2004年，获中国民间文艺家协会民间艺术学术著作二等奖

6. 主编《关注母亲河——中国非物质文化遗产·民间剪纸国际学术研讨会文集》，山西人民出版社，2005年

7. 策划并撰稿指导拍摄中国民间剪纸申报联合国教科文组织非物质文化遗产录像文件《正在消失的母亲河——作为无形文化的民间剪纸》（中英文版，36分钟）

8. 在国内相关学术刊物上发表论文多篇

主要个展：

1994年中央美术学院画廊"乔晓光油画作品展"

1995年台北文献馆"乔晓光现代剪纸作品展"

1996年法国巴黎国际艺术城"乔晓光油画、国画作品展"

1996 年法国巴黎中国城"乔晓光现代剪纸艺术展"

1999 年北京世纪艺苑画廊"乔晓光水墨作品展"

1999 年北京世纪艺苑画廊"乔晓光现代剪纸展"

2000 年台北新竹"乔晓光油画、水墨作品展"

2001 年台北国际艺术博览会"人与灯——乔晓光油画展"

2001 年上海艺术博览会"神鸟系列·乔晓光特展"

2001 年苏州格多美术馆"永远的飞翔·乔晓光绘画艺术综合展"

2001 年北京世纪翰墨画廊"我的太阳·乔晓光水墨、剪纸展"

2004 年苏州"吉祥的空间·九宫之城"现代剪纸装置展

2004 年上海春季沙龙,乔晓光剪纸装置作品展"空间"

2004 年芬兰·赫尔辛基 Dalian 画廊"乔晓光现代剪纸与水墨艺术展"

主要展览与获奖：

1984 年参加河北省第三届美展获二等奖

1986 年与朋友创建"米羊画室",在河北省石家庄举办"米羊画室作品展"

1990 年在中央美术学院陈列馆举办研究生毕业展

1991 年参加中央美术学院在中国美术馆举办的"二十世纪中国"画展

1992 年参加"1992·中国油画"展,获优秀作品奖

1993 年参加"中央美术学院赴俄罗斯油画展"

1993 年参加"中国油画双年展"

1994 年参加"新铸杯中国画、油画精品展"获优秀作品奖

1994 年参加第八届全国美展

2006 年 9 月参加 798 灿艺术中心举办的"当代中国·差异的格局"油画邀请展

田野考察年表

1986 年夏,初次赴西北考察民族民间艺术,考察内容包括:半坡、敦煌、麦积山、霍去病墓等古文化艺术遗址,以及陕北绥德、吴堡、铜川等地民间艺术和民俗文化

1987 年冬,赴著名传统民间木版年画产地河北武强考察

1988 年夏,随黄河流域民间艺术考察队赴黄河流域九省区考察,历时 9 个月,行程逾万里。考察了马家窑、半坡、大汶口等古陶文化,贺兰山岩画、西夏王陵、陕西、山东汉画及汉唐雕刻等民族艺术,以及各地传统民俗民间艺术和优秀民间艺术家

1989 年春节,赴陕西延安、安塞、绥德、富县考察了大型村落民俗活动"转九曲"、腰鼓、秧歌、民间剪纸等春节习俗文化艺术

1990 年秋,赴山西代县考察民间"中秋"习俗及民间建筑、民间面花、民间手绘窗花等民间艺术

1991 年春节,赴山西吕梁山区、陕西榆林等地考察民间春节习俗文化

1991 年夏,赴河北张家口蔚县等地考察民间建筑、民间寺庙壁画、民间染色剪纸等民间艺术

1992 年 5 月赴山西平遥、芮城、方山及陕西绥德、米脂、佳县、榆林、黄陵、西安等地考察,历时 40 天。沿途考察了古文化遗址及永乐宫壁画、民间壁画、建筑、丧俗等民间艺术

1993 年 4 月,赴山西代县、繁峙考察明长城遗址、传统宗教建筑、雕塑、壁画及"清明"习俗文化和"寒燕"面花艺术

1994 年春节,赴甘肃陇东环县、庆阳考察民间社火、皮影艺术

1994 年 5 月,赴陕西长武、宜川、安塞及甘肃西峰考察民间窑洞、建筑、镇宅雕塑、农民画等民间艺术

1995年春节，赴河北任县考察民间宗教及春节乡村妇女宗教习俗活动

1995年8月，赴苏州、皖南考察明清民居、木雕、村落建筑、风水等民间文化艺术

1995年11月，赴台湾台东、台南等地考察台湾少数民族民间艺术

1996年2月，赴法国巴黎考察欧洲文化艺术，历时半年，考察了法国、意大利、希腊、西班牙、荷兰、比利时等国家及北非的埃及

1996年12月，赴长江流域的上海、苏州、杭州、绍兴、余姚等地，考察河姆渡文化及南方民间习俗文化艺术

1997年1月，赴陕西榆林、佳县考察民俗民间艺术

1997年冬，赴长江流域武汉、仙桃、荆州、恩施、来凤考察楚文化及土家族、苗族民俗民间艺术

1998年春节，赴陕西延川考察春节民间习俗文化及民间社区文化传承现状

1998年秋，赴陕北绥德、榆林、佳县、米脂考察民间建筑、汉画石、农具及民歌，历时50天

2001年10月赴云南丽江、迪庆考察纳西族、藏族民俗与民居建筑

2001年11月赴江西赣南、福建永定考察客家民居建筑"围屋"与"土楼"

2002年6月赴云南会泽乌蒙山区考察民间文化生态现状及古镇传统建筑

2002年11月赴河南朱仙镇考察民间木版年画

2003年春节赴安徽安庆考察民间宗教与节日习俗文化

2003年5月赴江西考察"世界遗产"地庐山及民间古建村落流坑

2003年10月赴贵州黔东南苗族考察苗年及牯藏节

2004年10月赴内蒙古鄂尔多斯草原伊金霍洛旗成吉思汗陵，考察达尔扈特人700年世袭守灵习俗

2004年11月赴广东潮汕地区考察民居及民间剪纸传承现状

2004年11月赴芬兰·赫尔辛基举办画展并考察北欧艺术及剪纸传统

2005年3月赴河北省秦皇岛板长峪考察明代长城城砖烧窑遗址

2005年5月赴河北省邢台平乡县考察"立夏祭冷神"习俗及民间道教斋醮仪式

2005年6月参加文化部主办的首届中国非物质文化遗产苏州论坛，考察苏州世界遗产园林艺术

2005年8月赴贵州、湖南苗族地区，作为专家组成员参与蒲公英行动"少数民族贫困地区小学民间美术传承项目"

2005年8月参加天津大学"985工程"项目民间美术分类会议，考察传统木版年画产地杨柳青

2005年9月应奥地利政府邀请考察奥地利世界遗产城市维也纳、格拉茨、萨尔斯堡

2007年11月随中国赴美洲艺术家代表团考察巴西、阿根廷、墨西哥的文化艺术传统及现状

2008年3月赴日本金泽大学讲学并考察当地世界遗产及非物质文化遗产

后记

艺术的信念·以大地和人民为准绳

20 多年前画"玉米地",是对生活中切身事物朴素的热情和敏感,也是对质朴诗化生活的向往和追求。那时刚走出大学校门,对生活里的一切充满清新的热情和创造的欲望。毕业分配的原因,使我和衡水小城有了 6 年的不解之缘,我在这里踏上了民间艺术的学习之路,在这里结识了"米羊画室"另两位挚友王焕青、段秀苍。于是,也就有了此后 20 多年一系列和民间艺术相关的人与事。1983 — 1984 年我便对民间年画和民间剪纸产生了浓厚的兴趣,并迅速把这种兴趣投入到了新的艺术创作实践中。那时对民间文化艺术价值的认同和艺术选择更多倾向于情感的直觉和本能的热爱,但难能可贵的是,当大的时代潮流开始推崇西方现代艺术价值观时,我们在边缘封闭的小城树立起了对本土民间艺术传统的信心,并自觉将之付诸创造探索的实践,这便是我们最初的艺术信念。

20 多年来,行走在民间乡村大地,人民传承的活态文化之河启蒙了我的心灵,洗涤了我的矫饰,升华了我的情感,使我对生活与自然有了更靠近本原的理解。朴素的乡村生活给予了我丰厚的精神食粮。

从"玉米地"到非物质文化遗产,艺术信念的内涵里增加了更多生活的体悟和思考,这种体悟与思考正是在 20 年持续不断的民间田野考察实践中积累升华起来的。回望 20 年前的玉米地,其深层的意义在于踏上了民间这片沃土,其中蕴含着丰饶的文化矿藏,也蕴含着丰满的人性光彩和人生磨砺。在"玉米地"勤奋地劳动,同样是一种艺术信念锤炼的过程,它使我从切身具体的事物中不断得以升华,内心回到一个朴素的境地。我和玉米地的缘分是一种精神的感应和互助。

人民用几千年无数代人的生活磨砺和人性积淀,为我们默默编织了真实感人的艺术粉本,在民间生活中,信仰成为一种生存方式,艺术不仅是实现信仰的手段和桥梁,也成为信仰的重要组成部分,成为人之身心参与的仪式过程。文化的身心就是一代代人的身心,生活的常识中同样蕴含着更深刻的文化经典。向人民致敬,不是一种人文姿态,也不是抒发感恩的情怀。生活里包含了太多的生命哲学和精神内涵,人民使文明的多样多彩富有了活的身心和生生不息的薪火相传,这也是中华文明绵延不断的根本原因所在。

回顾 20 多年的艺术历程,踏着脚下的土地一步步走过来,更多的是围绕着切身生活和生存信念的实践过程,艺术在这里成为一种生活的状态,成为一种有信念的生存。幸运的时代,给了我们更广阔的生存选择和成长机遇,我们正是在这样一种新旧交替的时代境遇中寻觅着发现与创造的艺术之路。艺术往往从不是艺术的地方开始,在更宽阔的时代生存氛围中成长茂盛。对于信仰,重要的并不是艺术,但艺术确是一种有信念的生存。为生存的艺术不仅适用于民间美术的判断,同样适用于我。返观 20 多年的艺术实践,我渐渐明晰有信念的生存实践对于艺术的意义,而我不断坚定起来的信念选择,就是以大地和人民为准绳。

感谢江西美术出版社陈政社长富有创意的精心策划和危佩丽女士辛勤的编辑工作;感谢我的老师靳之林先生多年的教诲及为本书题字作序;感谢范迪安先生、王焕青先生百忙之中为本书写序;感谢我的研究生林力同学为本书所作的精美大气的整体设计,林雅秀同学为本书所作的英文翻译及文本整理工作;感谢多年支持我的师长和朋友以及家人,他们的鼓励使我围绕着艺术的初衷坚持自信地走了下来。

乔晓光

2008 年 4 月于中央美术学院